Der Stern der tat sie lenken

Der Stern der tat sie lenken

Alte englische Lieder und Hymnen

Deutsch von Erich Fried

Sanssouci

1 2 3 4 5 00 99 98 97 96

ISBN 3-7254-1101-4
Lizenzausgabe für den Sanssouci Verlag, Zürich

Druck und Bindung: Clausen & Bosse, Leck
Printed in Germany

DE NATIUITATE

Jhesu fili virginis
miserere nobis

Jhesu von einer Jungfrau wolltst du sein geborn
Zu retten die Menschheit die war verlorn
Durch unsre Sünde die uns verstieß
miserere nobis

Engel waren da von milder Art
Die sangen als dir süße Speisung ward
Voller Freuden gewiß
miserere nobis

Eine Krippe war da die das Kindlein hielt
Ochs und Esel haben mit ihm gespielt
Voller Freuden gewiß
miserere nobis

Dann vergoß er für uns sein Blut
Und sein Tod am Kreuz kam uns allen zugut
Du der sein Leben für uns ließ
miserere nobis

Zur tiefen Hölle hin ging er fort
Um zu erlösen die lagen dort
Voller Gnaden gewiß
miserere nobis

Adam lag gebunden

Adam lag gebunden
Gebunden in ein Band
Viertausend Winter
Fand er nicht zu lang

Und alles um einen Apfel
Einen Apfel den er aß
Wie Pfaffen finden
In ihrem Buche das

Hätt er den Apfel damals
Den Apfel damals gescheut
Wir hätten nicht unsere Fraue
Zur Himmelskönigin heut

Gesegnet sei die Stunde
Da er den Apfel aß
Drum können wir heut singen
Deo gratias

Wir sahn ihn schlafen

Wir sahn ihn schlafen auf seiner Krippe Streu
Uns sank das Herz und das Knie vor lauter Scheu
Bis wir dann hörten die Jungfrau Mutter sein:
Kommt her ihr Herren!
Er ist so lieb und klein.

Ihr Anblick war mehr als jede Erdenwonne
Sie war der Mond und er ihre kleine Sonne
Wir riefen: Herrgott, mögst du uns gnädig sein!
Ach seht doch! sprach sie
Er ist so lieb und klein.

Die benedeiten Tiere mit einem Mal
Priesen das Kindlein Jesus mit lautem Schall
Ochse und Esel im Stall die stimmten ein:
Der Könige König
Er ist so lieb und klein.

MISSUS EST ANGELUS GABRIEL

Nach Galiläas Stadt Nazareth
Schickt' Gott den Engel Gabriel
Hin zu Marie wies bei Lukas steht
Zur reinen Jungfrau ohne Fehl.

Die war getraut mit einem Mann
Aus Davids Haus der Joseph hieß.
Bei ihr ein trat der Engel dann
Und sprach zur schönen Jungfrau dies:

»Gruß dir du Gnadenreiche! – Mein
Herr ist mit dir: Gesegnet sei
Unter den Weibern groß und klein!«
So grüßte er die Dame frei.

Als sie das hörte da war ihr bang
Ihr Herz war voller Angst und Weh
Bei seiner Worte mächtigem Klang.
Da sprach zu ihr der aus der Höh:

»Fürcht nichts Maria. Du hast gefunden
Die Gnade Gottes durch Demut dein.
Du empfängst einen Sohn und wirst von ihm entbunden
Und sein Name soll Jesus sein.

Er soll groß sein durch Gottes Macht
Und er soll heißen des Höchsten Sohn.
Ihm dem du Mutter wirst wird gebracht
Durch seines Vaters Haus Davids Thron.

In Jakobs Haus soll er König sein
Und sein Reich soll sein ohne Ende.«
Da fragte Maria nur dies allein
Wie ihr Gott so ein Schicksal sende.

»Denn keinem Mann will ich sein zu eigen!«
Da sagte der Engel vom Himmelreich:
»Der Heilige Geist wird an dir erzeigen
Der Liebe Kraft der nichts ist gleich.

Er wird dich überschatten mit Licht
Kraft seiner Tugend und Göttlichkeit
Und das Kind das die Fesseln der Sünde bricht
Wird von dir drum geboren zur rechten Zeit.

Gottes Sohn wird er sein und so nennt man ihn bald. –
Und auch Elisabeth deine Verwandte
Hat ein Kind empfangen ist sie auch schon alt
Einen Sohn weil ihr Gott seine Gnade zuwandte.

Sechs Monate ist das schon her
Bald wird den Sohn zur Welt sie bringen
Denn bei Gott ist kein Ding zu schwer
Ob groß ob klein ihm kann nichts mißlingen.«

Da sprach die Mutter der Gnaden sofort:
»Nur die Dienstmagd des Herrn bin ich.
Es geschehe an mir nach deinem Wort
Und Gott werde Mensch durch mich.«

Dann ging die gesegnete Jungfrau Maria
Und stieg als ob sies eilig hätt
Ins Gebirge zum Hause des Zacharias
Und begrüßte Elisabeth.

Elisabeth die hörte so
Die Nachricht von Maria süß
Und ihr Kind St. Johannes lachte froh
In ihrem Leib als Maria sie grüßt'.

Und Elisabeth voll vom Heiligen Geist
Rief nach Art eines Weibes:
»Gesegnet sei von allen Frauen zumeist
Und gebenedeit sei die Frucht deines Leibes.

Und wie ist dies daß her zu mir
Die Mutter kommt des Herrgotts mein
Und daß mein Kind sie willkommen heißt
Und stimmt mit ihr laut überein?

Und gesegnet seist du im Glauben treu
Denn was gesagt ward von Gott zu dir
Hat der Propheten alt und neu
Wort wahrgemacht! Gesegnet sei mir!«

Dann sprach Marie Gottes Mutter gut:
»Den Herrgott lobet meine Seel
Mein Geist auch der in Wonnen ruht.
Gott ist mein Trost und ohne Fehl!«

Die Vier vereinigt in Gnaden ganz
Jesus Christus und Maria mild
Elisabeth und ihr Sohn Johanns
Sei'n nun vor Sünde uns Schutz und Schild.

Amen

Ich sing eine Jungfrau

Ich sing eine Jungfrau
Die ist ohne Fehl
Den König der Könige
Zum Sohn sie erwählt'

Er kam also stille
Wo sein Mutter was
Wie Tau im Aprile
Der fällt auf das Gras

Er kam also stille
In seiner Mutter Kemenat'
Wie Tau im Aprile
Der fällt auf das Blatt

Er kam also stille
Wo seine Mutter lag
Wie Tau im Aprile
Der fällt auf den Hag

Mutter und Jungfrau
War einzig sie allein
Wohl mag solche Fraue
Gottes Mutter sein

Der Kirschbaum-Carol

I.

Joseph war ein alter Mann
Und ein alter Mann war er
Als er Maria zur Ehe nahm
Im Land der Galiläer

Joseph ging mit Maria
Durch einen Garten gut
Da hingen Kirschen um Kirschen
So rot wie rotes Blut

Joseph ging mit Maria
Durch einen Garten schön
Da hingen Kirschen um Kirschen
In der Bäume Höhn

Da sprach Maria zu ihm
Und bat ihn leise und lind
»Pflück mir ein Kirschlein Joseph
Denn ich trag ein Kind«

Da antwortete Joseph
Grob und gar nicht sacht:
»Soll der dir Kirschen pflücken
Der dir dies Kind gemacht«

Da sprach das Kindlein selber
In seiner Mutter Schoß:
»O Baum neig dich zur Mutter
Du bist ihr sonst zu groß!«

Da neigt sich zu Marias Hand
Der höchste Baum sofort
Da rief sie: »Schau mein Joseph
Die Kirschen kommen aufs Wort!«

Da antwortete Joseph:
»Ich tat dir Unrecht sehr
Doch freu dich nun und laß dich
Das nicht verdrießen mehr

Maria iß deine Kirschen
Komm iß die Kirschen auf
Maria iß deine Kirschen
Die trägt der Zweig zuhauf«

Sie pflückte eine Kirsche
So rot wie rotes Blut
Ging heim dann schwer und langsam
Wies eine Mutter tut

II.

Joseph hörte einen Engel
Der sang und der lacht:
»Unser himmlischer König
Wird geboren heut nacht

Er wird nicht geboren
In Haus oder Halle
Und nicht im Paradies nur
Bei den Tieren im Stalle

Er wird nicht gekleidet
In Purpur und Samt
Sondern nur in gutes Linnen
Wie die Kindlein allesamt

Er wird nicht gebettet
In edles Metall
Nur in hölzerne Wiege
Auf die Streu in dem Stall

Er wird auch nicht getaufet
Mit weiß und rot Wein
Sondern so wie wir Engel
Nur mit Quellwasser rein«

III.

Dann nahm Maria ihr Söhnlein
Und setzt es auf ihr Knie:
»Ich bitt dich liebes Kind sag
Wie wird die Welt sein wie?«

»Ach ich werd bald tot sein Mutter
Wie die Steine in der Mauer
Ach die Steine auf dem Weg Mutter
Die tragen um mich Trauer

Und an einem Mittwoch
Da schwör ich meinen Eid
Und an einem Karfreitag
Meinen Tod ich erleid

Und am Ostertag Mutter
Werde ich auferstehn
Und die Sonne und der Mond Mutter
Werden mit mir aufgehn«

Die Jungfrau so rein

Die Jungfrau so rein wie es sagt der Prophet
Bringt zur Welt einen Heiland den ihr alle nun seht.
Der ist unser Erlöser von Tod Höll' und Sünd'
Denn von Adams altem Fehltritt kauft los uns das Kind.
Drum lasset uns froh sein und von Sorgen befreit
Unser Heiland Jesus Christus ist geboren uns heut.

In der guten Stadt Bethlem im jüdischen Land
Maria mit Joseph unterwegs sich befand
Sie kamen zur Zählung und Steuer zur Stadt
Wie es Caesar Augustus verkündiget hat.
Und die Stunde Marias war gekommen zumal:
Sie gebar ihren Ersten zu erlösen uns all.

Doch das Wirtshaus war voll daß der himmlische Gast
Keinen Platz konnte finden zur Ruh und zur Rast.
Doch gleich darauf haben die Hirten gesehn
Ganze Scharen von Engeln im Himmel hoch stehn.
Ihre Botschaft war froh und sie sangen gar gern:
Alle Himmel die rühmen unsern König und Herrn!

Die sieben Wonnen

Die erste Wonne die Maria hatte
Das war der Wonnen eine
Sie sah wie ihr Sohn Herr Jesus Christ
Nahm ihre Brust die reine
Nahm ihre Brust die reine, Leut!
Wie glücklich ihr doch seid!
O Vater Sohn und Heiliger Geist
Und Christ in Ewigkeit!

Die nächste Wonne die Maria hatte
Das waren der Wonnen zweie
Sie sah wie ihr Sohn Herr Jesus Christ
Den lahmen Krüppel heilte
Den lahmen Krüppel heilte, Leut!
Wie glücklich ihr doch seid!
O Vater Sohn und Heiliger Geist
Und Christ in Ewigkeit!

Die nächste Wonne die Maria hatte
Das waren der Wonnen drei
Sie sah wie ihr Sohn Herr Jesus Christ
Die Blinden sehn macht frei
Die Blinden sehn macht frei, Leut!
Wie glücklich ihr doch seid!
O Vater Sohn und Heiliger Geist
Und Christ in Ewigkeit!

Die nächste Wonne die Maria hatte
Das war der Wonnen vierte
Sie sah wie ihr Sohn Herr Jesus Christ
Den Weisen die Bibel erklärte

Den Weisen die Bibel erklärte, Leut!
Wie glücklich ihr doch seid!
O Vater Sohn und Heiliger Geist
Und Christ in Ewigkeit!

Die nächste Wonne die Maria hatte
Das war der Wonnen fünfte
Sie sah wie ihr Sohn Herr Jesus Christ
Den Toten auftat die Grüfte
Den Toten auftat die Grüfte, Leut!
Wie glücklich ihr doch seid!
O Vater Sohn und Heiliger Geist
Und Christ in Ewigkeit!

Die nächste Wonne die Maria hatte
Das war der Wonnen sechste
Sie sah wie ihr Sohn Herr Jesus Christ
Hing an dem Kruzifixe
Hing an dem Kruzifixe, Leut!
Wie glücklich ihr doch seid!
O Vater Sohn und Heiliger Geist
Und Christ in Ewigkeit!

Die nächste Wonne die Maria hatte
Das war ihre siebente Wonne
Sie sah ihren Sohn Herrn Jesus Christ
Der trug des Himmels Krone
Der trug des Himmels Krone, Leut!
Wie glücklich ihr doch seid!
O Vater Sohn und Heiliger Geist
Und Christ in Ewigkeit!

Die zwölf Apostel

Als Jesus Christus lebte
Schon dreißig Jahr und drei
Da tat er viele Wunder
Die Apostel waren dabei

Er lud alle seine Apostel
Die waren zwölf an der Zahl
Und er zeigte Simon ein jüdisches Haus
Dort zu halten das Abendmahl

Das war der Tag da Judas
An Christus Verrat beging
Und den Heiland für dreißig Groschen
Verkaufte daß man ihn fing

Dann kam Judas herein zur Türe
Mit einer bewaffneten Schar
Und band an Hand und Fuß seinen Herrn
Der ohne Sünde war

Und da warfen Soldaten Würfel
Um Christi Kleider rein
Die waren ein Rock ohne Nähte
Und ein kostbarer Edelstein

Und sie führten ihn in Eile
Auf seinen Richtplatz fort
Und er wurde zu Unrecht verurteilt
Zum schimpflichen Tode dort

Und sie nagelten zwischen zwei Schächern
Unsern Heiland an zur Qual
Und sie ließen ihn dort bluten
In der Marter bittern Pokal

Sie nagelten Hände und Füße ihm an
Und sein Haupt ward mit Dornen gekrönt
Und sie gaben ihm Essig zu trinken
Und sie haben ihn bitter verhöhnt

Und die ganze Welt schien zu trauern
In des Heilands Todesstund
Da zerrissen die Hügel und Felsen
Und die Berge bis auf den Grund

Die Himmel selbst wurden dunkel
Das Licht des Mondes verblich
Und drei Stunden an jenem Tage
War die Finsternis fürchterlich

Der Boden der Erde erbebte
Und die Gräber taten sich auf
Und die Geister der Toten gingen um
Furchtbar alle zuhauf

Drum jedes Jahr zu Weihnacht
Soll guter Christen Schar
In Häusern und in Schlössern
Jetzt singen wie das war

Unterm Himmel

Unterm Himmel, da wander ich und wunder ich mich
Wie Jesus, unser Heiland, im Tode verblich
Für arm-einfache Leute wie du und wie ich?
Unterm Himmel, da wander ich und wunder ich mich

Hätt Jesus befohlen: Ich will etwas gern
Einen Vogel im Flug und vom Himmel ein' Stern,
Oder auch einen Engel, ihm zu singen von fern,
Er hätt es bekommen, war doch Herr aller Herrn!

Unterm Himmel, da wander ich und wunder ich mich
Wie Jesus, unser Heiland, im Tode verblich
Für arm-einfache Leute wie du und wie ich?
Unterm Himmel, da wander ich und wunder ich mich

Wir Söhne Levis

Kommt all ihr Ritter, Ritter voll Ehren
Denn dieser Kampf fängt grade an
Daß eure strahlende blanke Rüstung
Im neuen Jerusalem glänzen kann
    Wir Söhne Levis, wir sind entschlossen
    Doch gleicht kein Gegner uns nah und fern
    Wir König Davids Wurzeln und Sprossen
    Wir sind verkündet vom neuen Stern

Es war in Gilgal, daß Moses umging
Und in sein Horn, sein heiliges, stieß
Es war in Gilgal, daß Moses wohnte
Wo seine heilige Spur er ließ

Es war in Gilgal, daß Moses umging
Nah jenem Ort so heilig und gut
Wo er im Meer ertränkt' die Ägypter
Und schlug den Jordan zu rotem Blut

Breit ist die Straße, die führt zu Falle
Und viele gehen den Weg hinab
Sie wird dich führen zum Sündentempel
Zum Ort wo Laster uns drückt ins Grab

Schmal ist der Pfad nur der führt zum Himmel
Und selten einer nur der ihn findt
Er wird dich führen zum heiligen Tempel
Zum guten Ort der ist frei von Sünd
    Wir Söhne Levis, wir sind entschlossen
    Doch gleicht kein Gegner uns nah und fern
    Wir König Davids Wurzeln und Sprossen
    Wir sind verkündet vom neuen Stern

Die sieben Jungfrauen

Ich traf unterm Laub, unterm Lebenslaub
Sieben Jungfraun, ich seh sie noch immer
Und eine von ihnen war Maria so mild
Unsres Herrgotts Mutter im Himmel.

»O was sucht ihr, ihr sieben Jungfraun, sagt,
Hier unter des Lebens Laub?
O kommt und sagt, was sucht ihr hier
Wohl unter des Lebens Laub?«

»O Thomas, wir suchen nicht Laub noch Blatt
Sondern nur einen Freund von dir
Wir suchen den süßen Jesus Christ
Daß er uns alle führ'.«

»Dann geht bergab in die Stadt hinab
Und setzt euch auf den Altan,
Von dort seht ihr den süßen Jesus Christ
Genagelt am Eibenbaum an!«

Sie gingen bergab in die Stadt hinab
So schnell wie ihr Fuß sie trug,
Aus der Jungfraun Augen fielen dabei
Der bitteren Tränen genug.

»O Frau Mutter, seid still! Frau Mutter, seid still!
Mich schmerzt Eurer Tränen Schwall
Ich muß dies erleiden« sagte er
»Um Adams und Evas Fall.

O Mutter, nimm den Apostel Johannes,
Nimm ihn an Sohnes Statt.

Er wird dich manchmal trösten, Mutter,
Wie dein Sohn dich getröstet hat.«

»So komm, du Apostel Johannes,
Willkommen sei du mir,
Doch willkommener war mir mein eigener Sohn,
Den ich auf meinem Knie hielt hier.«

Er legt' auf die rechte Schulter sein Haupt
Denn er fühlte sein Ende war nah:
»Der Heilige Geist soll mit dir sein,
Liebe Mutter, mein Tod ist da.«

O die Rose, die Rose, die Rose so süß
Und der Fenchel, der wächst so grün!
Gib Gott uns Gnad' an jeder Statt
Vor dem Herrn und der Frau zu knien

Und zu beten für unsere Feinde all:
Gott vergelte mit Freud unser Leid!
Uns zu lösen von Not litt Jesus den Tod
Der zu uns kam zur Weihnachtszeit.

Ein neues Zifferblatt

Ein Gott, eine Taufe, eine Religion
Eine Wahrheit, das sagt die Bibel schon

In zwei Testamenten (dem Neuen und Alten)
Steht alles verzeichnet, woran wir uns halten

Aus drei Personen, und die sind dreiein
Besteht unser einziger Herrgott allein

Vier Evangelisten tun schön und wahr
Christi Geburt, Tod und Leben uns dar

Fünf Sinne (die wie fünf Könige sind)
Regieren jedes Menschenkind

Sechs Tage Arbeit, so ist es Brauch
Denn selbst der Herrgott hielt so das auch

Sieben freie Künste gab Gott uns schön
Daß er damit unsre Seelen uns krön'

Acht lebten in Noahs Arche so lang
Als (auf Gottes Wort) alle Welt sonst ertrank

Neun Musen tun (wie die neun Himmelssphären)
Mit heiliger Musik unsre Ohren verklären

Zehn Gebote hat Gott der Herr Mose gegeben
Die scheiden den Tod vom ewigen Leben

Elf ziehn mit Christus ins Himmelreich ein
Den Zwölften brennt ewige Höllenpein

Zwölf die Apostel samt Jesus Christ
Zwölf Glaubensartikel, daß es vollzählig ist

Die Geburtsstunde zähl als die erste von allen
Deine nächsten zehn zähl als dein Erdenwallen
Zähl zwölf wenn die Glocke dir schlägt zum Tod
Dann hat dein Zifferblatt keine Not

Ich sah drei Schiffe

Ich sah drei Schiffe fahren ein
    Am Weihnachtstag, am Weihnachtstag
Ich sah drei Schiffe fahren ein
    Am Weihnachtstag am Morgen

Und was war drin in den Schiffen drei'n
    Am Weihnachtstag, am Weihnachtstag
Und was war drin in den Schiffen drei'n
    Am Weihnachtstag am Morgen

Unser Heiland Christ und die Mutter sein
    Am Weihnachtstag, am Weihnachtstag
Unser Heiland Christ und die Mutter sein
    Am Weihnachtstag am Morgen

Sag wohin fuhren die Schiffe drei
    Am Weihnachtstag, am Weihnachtstag
Sag wohin fuhren die Schiffe drei
    Am Weihnachtstag am Morgen

O sie fuhren alle nach Bethlehem
    Am Weihnachtstag, am Weihnachtstag
O sie fuhren alle nach Bethlehem
    Am Weihnachtstag am Morgen

Und alle die Glocken auf Erden solln klingen
    Am Weihnachtstag, am Weihnachtstag
Und alle die Glocken auf Erden solln klingen
    Am Weihnachtstag am Morgen

Und alle die Engel im Himmel solln singen
Am Weihnachtstag, am Weihnachtstag
Und alle die Engel im Himmel solln singen
Am Weihnachtstag am Morgen

Und alle die Seelen auf Erden solln singen
Am Weihnachtstag, am Weihnachtstag
Und alle die Seelen auf Erden solln singen
Am Weihnachtstag am Morgen

So laßt uns alle fröhlich sein
Am Weihnachtstag, am Weihnachtstag
So laßt uns alle fröhlich sein
Am Weihnachtstag am Morgen

Ich saß vor meiner Hütte Tür

Ich saß vor meiner Hütte Tür
Hütte Tür Hütte Tür
Ich saß vor meiner Hütte Tür
Am Weihnachtstag am Morgen

Ich sah drei Schiffe segeln her
Segeln her segeln her
Ich sah drei Schiffe segeln her
Am Weihnachtstag am Morgen

Ich frug was ihre Ladung sei
Ladung sei Ladung sei
Ich frug was ihre Ladung sei
Am Weihnachtstag am Morgen

Sie sagten sie führten den Heiland mit
Heiland mit Heiland mit
Sie sagten sie führten den Heiland mit
Am Weihnachtstag am Morgen

Ich frug wo sie ihn führten hin
Führten hin führten hin
Ich frug wo sie ihn führten hin
Am Weihnachtstag am Morgen

Sie sagten nach Jerusalem
Jerusalem Jerusalem
Sie sagten nach Jerusalem
Am Weihnachtstag am Morgen

Ich frug was sie dort tun mit ihm
Tun mit ihm tun mit ihm
Ich frug was sie dort tun mit ihm
Am Weihnachtstag am Morgen

Sie sagten sie wollten ihn kreuzigen
Kreuzigen kreuzigen
Sie sagten sie wollten ihn kreuzigen
Am Weihnachtstag am Morgen

Der Mond scheint klar

Der Mond scheint klar in der Sterne heller Schar
Kurz eh die Sonn' aufgeht
Unser Herr unser Gott rief uns zu sein Gebot
Wacht auf nun zum Gebet!

Wacht auf wacht auf ihr guten Leut!
Wacht auf und hört was es gibt:
Unser Herr unser Gott litt am Kreuze die Not
Für uns die er so geliebt

O schön o schön Jerusalem
Wann soll ich zu dir gehn?
Wann soll mein Leid zu Ende sein
Daß ich deine Freud' darf sehn?

Die Felder waren so grün wie nur
Denn mit Himmelstau hat sie getränkt
Unser Herr unser Gott der am Kreuz litt den Tod
Weil er uns sein Erbarmen schenkt

Um zu retten uns vor der Höllenpein
Starb am Kreuz Herr Jesus Christ
Und wir werden nie für Jesus das sein
Was er uns gewesen ist

Des Menschen Leben ist kurz wie ein Halm
Den der Schnitter legt auf den Grund
Wir sind heut hier und morgen fort
Und tot in einer Stund'

Drum lehr deine Kinder gut lieber Mensch
Solang du sie hast die paar Jahre

Das kommt deiner Seele zugut lieber Mensch
Wenn dein Leichnam liegt auf der Bahre

Denn du lebst vielleicht heut ohne Not lieber Mensch
Und dein Reichtum ist viel tausend Pfund
Aber morgen vielleicht bist du tot lieber Mensch
Und dein Leichnam liegt unten im Grund

Wenn dein Kopf unterm grünen Rasen ruht
Unterm grünen Rasen dein Fuß
Dann ists Zeit daß dein Tun alles böse und gut
Zusammenkommen muß

Und das war mein Wort und nun muß ich fort
Denn ich kann nicht mehr bleiben fürwahr
Doch mit euch groß und klein soll der Herrgott sein
Und er geb euch ein frohes neues Jahr!

MEMENTO

Denk dran o du Mann
O du Mann, jeder Mann
Denk dran o du Mann
   Deine Zeit ist um.
Denk dran o du Mann
Wie du kamst bei mir an
Und ich tat was ich kann
   Du bereue drum!

Denk an Adams Fall
O du Mann, jeder Mann
Denk an Adams Fall
   In die Hölle hinab.
Denk an Adams Fall
Der uns mitriß all
Zu der Flammen Schwall
   In das ewige Grab!

Denk an Gottes Gnad
O du Mann, jeder Mann
Denk an Gottes Gnad
   Und was Er uns verspricht.
Denk an Gottes Gnad
Wie durch Seinen Rat
Sein einziger Sohn uns naht
   Fürchte dich nicht!

Der Chor der Engel sang
O du Mann, jeder Mann
Der Chor der Engel sang
   Auf Zion in der Still'
Der Chor der Engel sang:

Unserm Himmelsherrn sei Dank
Und Friede auf Erden solang
  Der Mensch das Gute will!

Die Hirten staunten sehr
O du Mann, jeder Mann
Die Hirten staunten sehr
  Vor den Engeln hold.
Die Hirten staunten sehr:
Wie ging das denn her
Daß Christus unser Herr
  Unser König sein sollt?

Nach Bethlem taten sie gehn
O du Mann, jeder Mann
Nach Bethlem taten sie gehn
  Um zu sehn wie dies sei.
Nach Bethlem taten sie gehn
Um mit eignem Aug zu sehn
Das Kindlein aus der Nähn
  Das uns alle macht frei.

Wie die Engel es gesagt
O du Mann, jeder Mann
Wie die Engel es gesagt
  Grade so ging das her.
Wie die Engel es gesagt
Fanden sie ihn wo er lag
Auf dem Krippenstroh vor Tag
  Denn so arm war er.

In Bethlem war er geborn
O du Mann, jeder Mann
In Bethlem war er geborn
  Für uns Menschen allein.
In Bethlem war er geborn

Ohne ihn warn wir verlorn
Und für uns hat er geschworn
    Uns von Sünd zu befrein.

In die Krippe hingelegt
O du Mann, jeder Mann
In die Krippe hingelegt
    Ward er zur Zeit.
In die Krippe hingelegt
Und von Ochs und Esel umhegt
Daß er unsre Sünden trägt
    Darum bereut!

Danke Gott drum immerzu
O du Mann, jeder Mann
Danke Gott drum immerzu
    Sei im Herzen froh.
Danke Gott drum immerzu
Und zu diesem Festtag du
Lob das Kind in guter Ruh
    Das geboren ist so!

CHRISTO PAREMUS CANTICAM
EXCELSIS GLORIA

Marie hat Christ geboren heut
In Bethlem jener Stadt so weit
Die Engel sangen voller Freud
IN EXCELSIS GLORIA!

Die Hirten sahn die Engel hell
Der Lichtschein zeigte ihnen schnell
Das Kind ist da der Freude Quell
IN EXCELSIS GLORIA!

Die Könige kamen zu dem Kind
Wie man das in der Bibel findt
Sie sangen Lob das so beginnt
IN EXCELSIS GLORIA!

Ja Gottes Gnade leuchtet licht
Da wir nun sehn Sein Angesicht
Drum ist zu singen unsre Pflicht
IN EXCELSIS GLORIA!

Bettellied

Weihnacht kommt näher
Die Gänse werden fetter
Gebt einen Groschen
Dem armen alten Bettler!

Habt ihr keinen Groschen
Ein halber tuts zur Not
Und wenn ihr keinen halben habt
Dann helf euch Gott!

Maskenspieler-Lied

Ich bin der alte Weihnachtsmann
Ob euch das kränkt oder freut
Ich komm im Jahr nur einmal an
Vergeß mich keiner heut

Nur in den zwölf Nächten
Komm ich euch besuchen
Drum seht nach dem Rechten
Bringt Bier und bringt Kuchen

Ich komm von weit
Hab nicht viel Zeit
Drum haltet Speis
Und Trank bereit

Der Stern scheint blank
Ich bleib nicht lang
Behüt euch Gott
Habt schönen Dank

Adventlied vom Allerseelenbrot

Eine Seel! eine Seel! ein Seelenbrot!
Gute Hausfrau, ich bitt um ein Seelenbrot!
Backt Äpfel Birn Pflaum Kirschen ein,
Alle guten Ding um fröhlich zu sein!
Eine Frucht für Peter, für Paul noch zwei
Und für unsern Schöpfer aller guten Ding drei!

Gott segne den Herrn dieses Hauses
Die Hausfrau auch sodann
Und all die Kindlein die wachsen
Um euren Tisch heran!
Dazu eure Knechte und Mägde
Euer Korn Vieh Hab und Gut
Daß alles was ihr im Haus habt
Sich zehnfach mehren tut!

Nun geht hinunter in' Keller
Und seht was ihr habt dabei
Und wenn die Fässer nicht leer sind
So gebt uns davon frei!
Wir hoffen daß ihr freigebig seid
Mit Äpfeln und Bier sogar
Denn wir kommen nicht wieder um Seelenbrot
Bis vor Weihnachten übers Jahr.

Eine Seel! eine Seel! ein Seelenbrot!
Gute Hausfrau, ich bitt um ein Seelenbrot!
Backt Äpfel Birn Pflaum Kirschen ein,
Alle guten Ding um fröhlich zu sein!
Eine Frucht für Peter, für Paul noch zwei
Und für unsern Schöpfer aller guten Ding drei!

Der reiche Mann und Lazarus

Es war an einem Tage
Der reiche Mann gab ein Fest
Und lud alle Freund' ein und adligen Herrn:
»Nun kommt und trinkt und eßt!«

Aber Lazarus der lag am Boden
Der lag vor des Reichen Tor:
»Ein Stück Fleisch, einen Trunk, Bruder Reicher, du
Setz auch den Armen vor!«

»Du bist nicht mein Bruder, du Lazarus
Der du bettelnd liegst vor meinem Tor
Und ich geb dir nicht Fleisch und ich geb dir nicht Trunk
Keinem Armen setz ich nichts vor!«

Aber Lazarus der lag am Boden
Der lag an der Mauer krumm:
»Ein Stück Fleisch, einen Trunk, Bruder Reicher, du
Denn vor Hunger komm ich sonst um!«

»Du bist nicht mein Bruder, du Lazarus
Der du liegst an der Mauer krumm
Und ich geb dir nicht Fleisch und ich geb dir nicht Trunk
Komm du nur vor Hunger um!«

Aber Lazarus der lag am Boden
Auf dem Schindanger drauß' wie ein Dieb:
»Ein Stück Fleisch, einen Trunk, Bruder Reicher, du
Um Jesu Christi Lieb'!«

»Du bist nicht mein Bruder, du Lazarus
Der du draußen liegst wie ein Dieb,
Und ich geb dir nicht Fleisch und ich geb dir nicht Trunk
Um Jesu Christi Lieb'!«

Und der Reiche der schickt' seine Diener hinaus.
»Peitscht mir Lazarus weg!« war sein Wort
Doch sie hatten die Kraft nicht zum ersten Hieb
Sondern warfen die Peitschen fort.

Und er schickte die hungrigen Hunde sein:
»Geht! Beißt ihn der liegt vor dem Haus!«
Doch sie hatten die Kraft nicht zum ersten Biß
sondern leckten die Schwären ihm aus.

Es war an einem Tage
Da ward Lazarus krank und war tot
Da kamen zwei Engel vom Himmel heraus
Seine Seele zu führen zu Gott.

»Steh auf, steh auf, Bruder Lazarus
Und geh des Wegs mit mir hin
Denn für dich ist ein Sitz im Himmel bereit
Auf eines Engels Knien!«

Es war an einem Tage
Der Reiche ward krank und war tot
Da kamen zwei Schlangen aus der Hölle heraus
Seine Seele zu holen zur Not.

»Steh auf, steh auf, Bruder Reicher, du
Und geh mit uns daß du siehst
Für dich ist ein Platz in der Hölle bereit
Von dem du nie mehr entfliehst.«

Und der Reiche blickt' auf und sah Lazarus
In des Himmels seliger Höh':
»Einen Tropfen Wasser, Bruder Lazarus, du
Daß mein Durst in den Flammen vergeh!

O hätt' ich soviel Jahre nur hier
Wie auf Erden Grashalme stehn,
Dann wär einst doch zu End' meine Höllenqual
Aber nun wird sie nie mehr vergehn.

O hätt ich noch einmal mein Leben zurück
Eine halbe Stund' nur: Wie bald
Wollt' ich sühnen all meinen harten Geiz
Und käm' nie in des Teufels Gewalt!«

Corpus Christi Carol

Unten im Walde dort steht ein Schloß
Die Glocken vom Paradies hörte ich klingen
Ist bedeckt ganz mit purpurnem Bahrtuch so groß
Und ich lieb mein' Herrn Jesum vor allen Dingen

Und in dem Schloß steht ein Bett so gut
Die Glocken vom Paradies hörte ich klingen
Ist bedeckt ganz mit Scharlach so rot wie Blut
Und ich lieb mein' Herrn Jesum vor allen Dingen

Und auf dem Bette ein Ritter liegt
Die Glocken vom Paradies hörte ich klingen
Aus den Wunden sein Blut Tag und Nacht nicht versiegt
Und ich lieb mein' Herrn Jesum vor allen Dingen

Und bei dem Bett liegt eine Jungfrau auf Knien
Die Glocken vom Paradies hörte ich klingen
Und dort weint sie die Nacht und den Tag lang um ihn
Und ich lieb mein' Herrn Jesum vor allen Dingen

Und vor dem Bett da fließt eine Flut
Die Glocken vom Paradies hörte ich klingen
Zum halben Teil Wasser zum halben Teil Blut
Und ich lieb mein' Herrn Jesum vor allen Dingen

Und zu Füßen des Bettes da liegt ein Hund
Die Glocken vom Paradies hörte ich klingen
Der leckt täglich sein Blut wo es tropft auf den Grund
Und ich lieb mein' Herrn Jesum vor allen Dingen

Und zu Häupten des Bettes da wächst ein Dorn
    Die Glocken vom Paradies hörte ich klingen
Der trägt immerfort Blüten seit ER ist geborn
    Und ich lieb mein' Herrn Jesum vor allen Dingen

Und zur Seite des Bettes da steht ein Stein
    Die Glocken vom Paradies hörte ich klingen
HOC EST CORPUS CHRISTI steht geschrieben dort ein
    Und ich lieb mein' Herrn Jesum vor allen Dingen

Nein Efeu nein

Stechdorn steht in der Halle
Er ist herrlich und voll Gewalt
Efeu steht vor der Türe
Ihr ist bitter kalt

Nein, Efeu, nein!
Es soll nicht sein, gewiß!
Der Stechdorn der soll herrschen
Wie es Sitte ist!

Stechdorn und seine Knechte
Die tanzen und die singen
Efeu und ihre Mägde
Die Hände weinend ringen

Efeu, die hat Schrunden
Das kommt vom Wind vom kalten
So soll es allen gehen
Dies mit Efeu halten!

Stechdorn, der hat Beeren
So rot wie Rosen schön
Ihr Förster und ihr Jäger
Bewahrt sie vor den Rehn!

Efeu, die hat Beeren
So schwarz wie schwarze Schlehn
Die fressen nur die Eulen
Die kommen und die gehn

Stechdorn, der hat Vögel
Die sind viel und gar nicht schlecht:
Die Nachtigall die Lerche mild
Und den bunten Specht

Lieb Efeu, komm und sag uns
Welche Vögel hast du?
Keinen als das Käuzchen
Das schreit Schuhu Schuhu

Nein, Efeu, nein!
Es soll nicht sein, gewiß!
Der Stechdorn der soll herrschen
Wie es Sitte ist!

Der Stechdorn und der Efeu

Der Stechdorn und der Efeu
Wenn beide groß sind schon
Von all den Bäumen die stehn im Wald
Der Stechdorn trägt die Kron

Der Stechdorn trägt eine Blüte
So weiß wie Lilien rein
Und Marie trug den süßen Jesus Christ
Unser Heiland sollt' er sein

Der Stechdorn trägt eine Beere
So rot wie rotes Blut
Und Marie trug den süßen Jesus Christ
Uns Sündern ist er gut

Der Stechdorn trägt einen Stachel
So scharf wie die Nadel sein mag
Und Maria trug den süßen Jesus Christ
Ohne Tadel am Weihnachtstag

Der Stechdorn trägt eine Rinde
So bitter wie nur Galle
Und Marie trug den süßen Jesus Christ
Damit er uns loskauft alle

Der Stechdorn und der Efeu
Wenn beide groß sind schon
Von all den Bäumen die stehn im Wald
Der Stechdorn trägt die Kron

Spruch der Liedersänger

Wir sind nicht fahrende Bettler
Die ziehen von Tor zu Tor
Nein wir sind Nachbarskinder
Ihr saht uns schon zuvor

Gott segne den Herrn dieses Hauses hier
Und den Kellermeister und all seine Leut
Und je mehr er uns spendet vom Weihnachtsbier
Desto schöner singen wir heut

Der Menschen Erlöser

Gott segne den Herrn dieses Hauses
Und das Haus samt allen Dingen:
So fanget an die Weihnachtszeit
Und laßt uns fröhlich singen,
    Denn der Menschen Erlöser
    Ist heute geboren,
    Der uns freikauft' vom Tode,
    Als wir waren verloren.

Drum laßt uns alle fröhlich sein
Und singt mit lautem Mund,
Denn unsre Freude darzutun
Haben wir guten Grund.

Drum lasset alle Zwietracht ruhn,
Daß euch kein Ärger bleib,
Und jeder Mann umarme nun
Sein liebevolles Weib.

Mit Speis und Trank nun geizet nicht,
Bewirtet alle gut
Und ladet eure Freunde ein,
Und dann seid frohgemut!

Ja, laßt uns alle lustig sein,
Denn dazu sind wir hier.
Wir hoffen auch, bevor wir gehn,
Zu kosten euer Bier.

Euer Bier, euer Bier, euer Weihnachtsbier,
Das ist ein starker Trank,
Drum wünschen wir, die Weihnachtszeit
Wär zwanzigmal so lang!
  Drum singt mit Stimmen laut und froh,
  Denn Christ ist heut geboren,
  Der uns vom Tode freigekauft,
  Ohn' ihn warn wir verloren.

Robin-Hood-Reim

Am Christabend mußt ich den Bratspieß drehn
Hab die Finger verbrannt, ihr könnts heute noch sehn

Da flogen die Funken von allen Seiten
Da begann der Topf mit dem Löffel zu streiten

Da kam die Sau gesattelt herein
Da lag in der Wiege das Ferkel klein

Da schrie das Geflügel auf dem Küchentisch los
Da gab der Teller dem Napf einen Stoß

Der Teufel sprang hoch wie ein nackter schwarzer Mann
Und schlug mit dem Schwanz ins Bratenfett dann

Er fluchte und hatte nur eines zu sagen
Er wolle sie alle in Fesseln schlagen

Da sprach der Bratspieß zu der Lampe
Und nannte den Wischlappen schmutzige Schlampe

Da sagte der Bratrost: Beim Blut des Herrn
Heut abend hab ich Zank gar nicht gern

Vertragt euch alle und haltet ein
Oder kommt zu mir ich will Richter sein

Der Garten der Welt

Adam und Eva nach ihrer Tat
Säten einen Garten voller Saat

Als die Saat schoß in die Höh'
Wars wie ein Garten voller Schnee

Als der Schnee im Garten schmolz
Wars wie ein Schiff ohne Eichenholz

Als das Schiff auf den Wogen tanzt'
Wars wie ein Vogel ohne Schwanz

Als der Vogel zu fliegen begann
Wars wie ein Aar der steigt himmelan

Als den Himmel der Donner erfüllt
Wars wie ein Leu vor der Tür der brüllt

Als die Tür zerbrach zu Stücken
Wars wie ein Stockhieb auf meinen Rücken

Als mein Rücken begann zu schmerzen
Wars wie ein Messer in meinem Herzen

Als mein Herz begann zu bluten
Wars wie Christi Nägel und Ruten

Die Nacht

Ein jungfräulicher Schrein hält dich umhegt
Ein Schleier der vor deinem Mittag schont
Daß dich der Mensch sieht und dich doch erträgt
Wie Glühwürm nachts den Mond
Der weise Nikodemus sah solch Licht
Und kannte dran bei Nacht des Herrn Gesicht

Voll Segen gläubig, er
Der in der blinden Augen dunklem Land
Die heilenden Schwingen sah, ersehnet sehr,
Als Gott erstand
Und der, was keiner sonst vollbracht,
Sprach mit der Sonne in der Mitternacht

Wie er dich fand in totenstiller Stund
Wer sagt mir wo
Aus welchem heilig abgelegnen Grund
Wuchsest du Blume so
Daß unsrer Gottheit Fülle in dir liegt
In deinen benedeiten Kelch geschmiegt?

Kein goldner Thron der Ehrn
Kein staubig toter Cherub starr von Stein
Nur seine guten Werke hielten meinen Herrn
Aufrecht allein
Wo Bäum und Sträucher wachten und voll Fragen
Ihn sahn dieweil die Juden schlafend lagen

Lieb Nacht, Weltniederlag,
Schranke geschäftiger Narrn und trüber Dinge
Ruhbett der Seel, der Geister stiller Tag

Drein keiner Unruh bringe
Du Christi Betenszeit und Bahn
Deine Stunden zeigt der Himmel an

Du Gottes suchender Flug
Still, wenn sein Haupt von Tau voll ist und all
Sein Haar vom Wasser der Nacht noch feucht genug
Du seines Rufens Schall
Zeit da er anklopft, du der Seele stummes Wachen
Da Geister Jagd auf ihresgleichen machen

Wärn all mein laut schlimm Tag
Still ohne Spuk gleichwie sein dunkles Zelt
In dessen Ruhe nur der Engel Flügelschlag
Und Stimme manchmal fällt
Dann wollt im Himmel ich das ganze lange Jahr
Verweilen und nicht wandern hier fürwahr

Doch lebend wo die Sonn
Weckt alle Ding, daß sie, umirrend, stumpf
Sich selbst und andre machen, lauf auch ich davon
In jeden Sumpf
Und dieser Welt Irrlicht des Tags führt dann
Mich schlimmer als ich in der Nacht gehn kann

Es ist in Gott, wies heißt,
Ein tief doch blendend Dunkel. Es ist wahr
Zu sagen: Spät und dämmrig ists. Der Geist
Des Menschen sieht nicht klar.
Käm doch die Nacht in der ich lichterlos
Unsichtbar leben dürft in deinem Schoß

Henry Vaughan

Nun laßt uns singen

Nun laßt uns singen froh und gern
Zu ehren die Geburt des Herrn
Der uns zulieb den Tod erwählt'
Und ward als Mensch für uns gequält

Durch Adam waren wir verlorn
Doch Jesu Christ, für uns geborn
Befreit' uns von Gefangenschaft
Und brach des alten Feindes Kraft

Als er geborn war, wars ihm recht
Zu liegen in der Krippe schlecht
Ein Ochs, ein Esel voll Zärtlichkeit
Erfrischten seine Menschlichkeit

Sein' Göttlichkeit brauchte Hilfe nicht
Die war schon selbst voller Macht und Licht
Weil sie in nichts zurückesteht
Nach seines Vaters Majestät

Die Engel sangen voller Freud
Ein Lied den Hirten weit und breit
Und hießen sie nun froh sein gar
Weil Jesus Christus geboren war:

»Denn bisher drohte euch Gottes Zorn
Doch nun ist euch dies Kind geborn
Das euch errettet und für euch stirbt
Daß es euch Freiheit so erwirbt

Dies Kind für euch vergießt sein Blut
Und hanget tot am Kreuze gut.

Ob seiner großen Menschlichkeit
Bewundert seine Herrlichkeit!«

Und nun ists unser Advokat
Und spricht für uns so früh wie spat
Wie das die Heilige Schrift beweist
Darin es unser Fürsprech heißt

Drum jederzeit zu jeder Stund
Ist deine Sache in seinem Mund
Dein' Hoffnung ist auf ihn gestützt
Der vor des Vaters Zorn dich schützt

Denn er versprach von Herzen sein
Daß alle Sünder die wolln bereun
Und ihre Sünden im Leben fliehn
Auf ewig sitzen sollen um ihn

Gott Vater wolln wir preisen zur Zeit
Und Jesum Christum in Ewigkeit
Der Heilige Geist sei mit Dank bedacht
Daß Christ durch ihn ist zur Welt gebracht

Ihr Willkommen war kühl

Als Caesar Augustus seine Steuer ausschrieb,
Ließ er jedermann schätzen, wo immer er blieb.
Damals waren die Juden noch Rom untertan,
Und zu zahlen die Steuer sah man ringsum sie nahn.
Auch Maria und Joseph aus Davids Geschlecht
Kamen hin zur Stadt Davids, denn die Zeit war grad recht.
Als sie kamen durchs Tor, ihr Willkommen war kühl,
Denn die Reichen haben selten für die Armen Gefühl.

Sie suchten nach Herberg, doch die fanden sie nicht,
Denn die Wirte, die waren nur auf Herren erpicht.
Sie riefen und klopften an die und die Tür,
Doch da fand sich kein Freund, der gesagt hätt' »Bleibt hier«.
Die Verwandten, die sagten: »Viel zu früh kamt ihr her.«
»Viel zu spät«, sprach der Wirt: »Da ist kein Platz mehr leer.«
Unter Fremden und Freunden ihr Willkommen war kühl,
Denn die Reichen haben selten für die Armen Gefühl.

Voller Sorge war Joseph, der Maria ansah,
Denn er wußte, ihre Stunde voller Segen war nah.
Er war voller Kummer, der das Herz ihm zerschnitt,
Daß sein jungfräulich Weib solche Unbill erlitt.
Kein Obdach für ihn, der selbst Dächer gebaut,
Nein: »Geht hin, wo ihr herkamt!« hieß es überall laut.
Ach, die Armen, die fanden weder Zimmer noch Pfühl,
Denn die Reichen haben selten für die Armen Gefühl.

Ja, die Großen und Reichen treiben Scherz in der Halle
Und bewohnen gute Stuben und Prunkzimmer alle,
Wo man Joseph und Maria in den Stall gedrängt hat,
In Bethlehem, jener unwirtlichen Stadt.

Aber sie sinds zufrieden, lehnen gar nicht sich auf,
Denn der Sinn des Gerechten nimmt sein Schicksal in Kauf.
Ihrer Demut ist jegliches Ungemach recht,
Und sie sind nicht beleidigt, sind die Reichen auch schlecht.

Und kaum, daß der Mensch in die Sünde verfiel,
Durch Satans, des Teufels, arglistiges Spiel
Da gab Gott ein Versprechen: Vom Weibe geboren
Werde Einer in Juda, dran sei Satan verloren.
O Bethlehem, Bethlehem, grüß Ihn, der siegt,
Der im Stalle geboren in der Krippe nun liegt.
Denn Er ist der Arzt, der heilt all unsre Schmerzen:
Drum willkommen, lieb Jesus! wohn in unseren Herzen!

Neuer Prinz: Neuer Prunk

O sieh, ein zart unschuldig Kind
In Winternacht und Schnee
In schlichter Krippe zitternd liegts
Ein Anblick voller Weh

Die Herberg voll, dem Pilgrim klein
Bot keiner Lagerstatt
So daß er bei dem Vieh im Stall
Sein Haupt gebettet hat

Veracht ihn nicht, weil er dort liegt
Frag wen du vor dir hast
So manche Perle fand sich schon
Im Pfuhl und im Morast

Wäg Krippe nicht und Holznapf nicht
Und nicht das Vieh im Heu
Nicht seiner Mutter armes Kleid
Noch Josephs karge Streu

Sein Stall, der ist ein Fürstenhof
Das Vieh sein Prunk im Saal
Die Krippe ist sein Herrenthron
Der Holznapf sein Pokal

Der Leute arme Kleider die
Sind seiner Herrschaft Tracht
Der Herr und Prinz vom Himmel kommt
Dort lobt man solche Pracht

Komm freudig näher, Christenmensch
Dem König dein gib Ehr
Lob seinen demütigen Prunk
Der kommt vom Himmel her

Robert Southwell

O Bethlehem du kleine Stadt

O Bethlehem du kleine Stadt
Wie streckt der Schlaf dich hin
Ob deiner Rast und Schlummerlast
Die stummen Sterne ziehn.
Doch in den finstern Gassen
Der ewige Lichtschein lacht:
Was Hoffnung war viel tausend Jahr
Erfüllt sich hier heut nacht

Denn Christ ist von Marie geborn
Und hoch am Himmelszelt
Zur Schlafensstund der Engel Rund
Voll Liebe Wache hält
Ihr Morgensterne kündet:
Das heilige Kind ist da!
Rühmt nah und fern nun Gott den Herrn
Und Frieden fern und nah

Wie leis und still wie leis und still
Kommt uns die Gabe schön!
Gott schenkt ohn Schmerz dem Menschenherz
Den Segen seiner Höhn.
Es hört kein Ohr ihn kommen
Doch in dies Sündental
Wo Sein man harrt auf Demutsart
Tritt Christus ein zumal

O heilig Kind von Bethlehem
Ohn' Dich sind wir verlorn
Lös uns von Sünd! zu uns Dich find
Sei heut in uns geborn!

Wir hörn die Weihnachtsengel
Verkünden große Freud:
O mit uns sei! o steh uns bei
Du Kind gebenedeit!

Bischof Phillips Brooks

Als Hirten wachten

Als Hirten wachten in der Nacht
Und hockten auf dem Grund
Trat Gottes Engel unter sie
In seiner Strahlen Rund

»Habt keine Angst« sprach er, da bleich
Vor Schrecken warn die Leut
»Denn große Freude künd ich euch
und allen Menschen heut

Es ist euch heut in Davids Stadt
Geborn aus Davids Haus
Ein Heiland, der ist Christ der Herr;
Nun findet Ihn heraus:

Das Himmelskind, ihr findets dort
Für Menschen sichtbar so:
Gehüllt in ärmlich Wickelband
Auf einer Krippe Stroh«

So sprach der Seraph, und sogleich
Kam eine helle Schar
Von Engeln, die Gott lobten und
Die sangen hell und klar

»Ehre sei Gott in der Höhe
Und auf Erden Frieden
Vom Himmel hoch kommt Gott herab
Zu den Menschen hienieden«

Nativität

DAS UNERMESSENE, das dein Schoß verwahrt
Das läßt nun seinen süßen Kerker leer
Darin es sich – nach eigenem Begehr –
Hat schwach genug gemacht zur Erdenfahrt

Hat dir – ach, Ihm! – kein' Herberg' Raum gespart
So leg Ihn in den Stall: vom Orient her
Nahn Stern und Könige, daß Ihn nicht versehr
Herodes List und neidische Henkers-Art

Sieh, meine Seel, mit Glaubens Augen: ER
Der füllt das All das Ihn nicht faßt, liegt bloß!
Sein Mitleid mit dir, wars nicht wundergroß?
Bedürfte Er gleich deines Mitleids mehr!

Küß Ihn und mit Ihm nach Ägypten geh,
Mit seiner Mutter mild die teilt dein Weh.

John Donne

Die drei Könige

Die Weihnachtszeit ist kommen schon
Es ist der Vater und der Sohn
Eins mit dem Heiligen Geist, dem hohn
Gar wunderbar nun:
Gott geb ein neues Jahr uns

Drum sing ich von des Kindes Pracht
Das eine Jungfrau uns gebracht
Sie trugs in dieser Wintersnacht
In aller Stille:
Es war des Kindes Wille.

Aus Galilä drei König ziehn
Zur guten Stadt von Bethlem hin
Um demütig vor ihm zu knien
Und ihn zu ehren
Den König Gott und Herren

Doch als sie mit den Gaben nahn
Hält listig sie Herodes an
Und fragt nach ihrem Weg sodann:
»Woher ihr Herren?
Sucht uns das zu erklären!«

»Wo kommt ihr her ihr Könige drei?«
»Vom Osten her, wir sagens frei,
Wir suchen ihn, der künftig sei
Nach Gottes Rat
Gott König in der Tat!«

»Doch wenn ihr wart bei diesem Kind
So kommt zu mir zurück geschwind

Erzählet mir was man dort findt –
Nun seid nicht träge
Und geht nicht andre Wege!«

Getäuscht von des Herodes List
Versprachen sie das, wie ihr wißt
Und zogen hin nach kurzer Frist
Mit den Geschenken
Der Stern der tat sie lenken

Sie kamen zu der Freuden Ort
Marie und Jesus waren dort
Sie gaben dann dem Kind sofort
Zu dem der Stern tat führen
Gold Weihrauch und auch Myrrhen

Als sie die Gaben dargebracht
Wie's Gott sie hieß in seiner Macht
Da warn sie fröhlich in der Nacht
Als schien die Sonne
Der Anblick war voll Wonne

Doch als sie ritten dann zurück
Schickte der Herr zu ihrem Glück
Den Engel der sprach von der Tück'
Jenes Herodes
Sonst wären sie des Todes:

»Mein Herr und Gott warnt euch all drei
Geht bei Herodes nicht vorbei
Sonst kommt ihr nicht mehr lebend frei
Sein ganzes Streben
Ist euch den Tod zu geben«

Sie schlugen andre Straßen ein
Und folgten Gottes Wort allein

Und ließen den Herodes sein
In aller Stille
So wars des Engels Wille

Und als sie kamen in ihr Land
Da machten sie es gleich bekannt
Wie hell der Stern ob Bethlem stand
Im Dunkeln
Durch sein gewaltig Funkeln

Nun knien wir alle nieder drum
Zu unsres Herrgotts großem Ruhm
Und beten laut und beten stumm
Daß seine Gnade
In' Himmel ein uns lade

Epiphanie

Nun freun wir uns auf diesem Fest
In quo Christus natus est.

A Patre Unigenitus
Durch eine Jungfrau uns kommen er muß.

Singen wir von ihm und sagen: Willkumm,
Veni, Redemptor gentium.

Agnoscat omne seculum,
Mit Geschenken kamen drei Könige drum.

Ein Stern hat ihnen zur Suche geglänzt,
Verbum supernum prodiens.

Maria ventre concepit,
Der Heilige Geist war dabei mit.

Von ihr in Bethlem geborn er ist,
Consors Paterni luminis.

O lux beata Trinitas,
Zwischen dem Ochsen und Esel lag das.

Daß seine Jungfrau Mutter ihn seh,
Gloria Tibi Domine.

Die Krähe und der Kranich

Ich wanderte am Ufer
Da hört ich bei dem See
Wie miteinander sprachen
Ein Kranich und eine Kräh'

Die Krähe sprach zum Kranich:
»Die Welt war herrlich schon
Als wir nur den Vater hatten
Jetzt haben wir den Sohn

Wo ist der Sohn her kommen
Von welcher Stelle, sag?«
Er sprach: »Zwischen Esel und Ochsen
Wo er in der Krippe lag«

»Ich bitt dich« sprach der Kranich:
»Eh du gehst, sag wenn du's weißt:

Hat den Jesus nicht seine Mutter
Empfangen vom Heiligen Geist?«

»Eine Jungfrau ohne Sünde
War sie an Tugend reich
Und sie war die Magd unsres Herren
Und Gottes Mutter zugleich.«

»Wo ist die goldene Wiege
In der sie Christus gewiegt
Und wo sind die seidenen Laken
In denen Jesus liegt?«

»Eine Krippe war die Wiege
In der man Christus gewiegt
Und das Heu das die Esel nicht fraßen
Ist die Streu auf der er liegt.«

Da war ein Stern in Westland
Der leuchtete so klar
In König Herodes Kammer
Wo König Herodes war

Den sahn bald die drei Weisen
Und sagten dem König an
»Ein Kind ist geboren in dieser Nacht
Das kein König töten kann«

»Und ist das wahr« sprach Herodes
»Daß solche Wunder geschehn
Dann wird mein gebratener Hahn hier
Auf dem Teller dreimal krähn!«

Da wuchsen dem Hahn wieder Federn
Durch Gottes eigene Hand

Und dann krähte er dreimal laut und hell
Auf dem Teller wo er stand

»Steht auf, steht auf, meine Knechte all
Seid bereit und erfüllt mein Gebot:
Alle Kindlein unter zwei Jahren
Die schlagt mir alle tot!«

Da ging Jesus fort mit Joseph
Und der Jungfrau Maria so rein
Und sie flohen nach Ägypterland
Um in Sicherheit zu sein

Als sie kamen nach Ägypterland
Zu den wilden Tieren nun
Da war Maria so müde
Sie mußte sich setzen und ruhn

»Komm setz dich nieder« sprach Jesus
»Komm setz dich zu mir und dann
Wirst du sehn diese wilden Tiere
Wie sie kommen und beten mich an«

Zuerst kam der herrliche Löwe
Und das Kind hat ihn gnädig bestellt
Daß er fortan König sein soll
Aller wilden Tiere im Feld

»Denn wir wählen unsere Fürsten
Von Geblüt und adligem Haus
Wir wählen sie wo wir hingehn
Nach unserem Willen aus«

Dann kamen Jesus und Joseph
Und Maria gerade zur Zeit

Und sie kamen an einem Sämann vorbei
Der hatt' grad seine Körner gestreut

»Gott helfe dir Mensch« sprach Jesus
»Deinen Wagen hol und dein Gespann
Und bring noch heute dein Korn ein
Das du eben bautest an«

Der Sämann fiel auf die Knie
Als er ihn vor Augen sah
»Gar lang hat man dich erwartet
Aber nun bist du endlich da

Und ich glaube nun auch selber
Daß du Jesus mit Namen heißt
Und daß du der Heiland der Menschheit bist
Der du Gnade für Recht erweist«

»Die Wahrheit, Mensch, hast du gesprochen
Und glaub mir, das wird mir noch schwer
Denn ich muß vergießen mein kostbares Blut
Für dich und Tausende mehr

Und wenn hier einer vorbeikommt
Und wenn er dich fragt nach mir
So sag ihnen, Jesus zog hier vorbei
Als du gesät hast hier«

Danach kam König Herodes
Mit Soldaten gierig nach Mord
Und Herodes fragte den Sämann
Ob Jesus vorbeizog dort

»Ja, die Wahrheit die muß man sagen
Und die Wahrheit die tu ich dir kund

Denn Jesus kam dieses Weges
Als ich säte hier diesen Grund

Doch das Korn ist jetzt reif geworden
Und ich brings auf dem Wagen ein
Es ist reif daß ichs ernte und trage
In meine Scheune hinein«

»Kehrt um« sprach Herodes' Hauptmann
»Für alle eure Müh ists zu spät
Denn es müssen drei Vierteljahre sein
Seit der seinen Samen gesät«

So wurde Herodes betrogen
Durch Gottes eigene Hand
Und Herodes ritt wütend weiter
In das Heilige Land

Und an Tausenden kleinen Kindern
Hat er seine Rache genommen
So haltet die Kindlein nicht fern von Ihm
Sondern lasset sie zu Ihm kommen!

Und das ist die reine Wahrheit
Wie ich dir sagte schon
Wie uns die gesegnete Jungfrau
Gebracht hat ihren Sohn«

DE INNOCENTIBUS

FEIERN WIR DIESEN HEILIGEN TAG
DASS JEDES UNSCHULDIGE KIND FÜR UNS BETEN MAG

Herod war wild und toll vor Wut
Und so vergoß er viel schuldlos Blut
Um zu erschlagen das Kind mild und gut
    Das Maria die reine trägt

Maria mit Jesus war ganz verzagt
Da kam der Esel und hat gesagt
Flieh aus dem Lande noch eh es tagt
    Nach Ägypten nahm sie den Weg

Da schlug Herodes voll Trotz und Sünd
Bis zu zwei Jahren alt jedes Kind
Daß er den Leichnam Jesu gewinnt
    Und das Christentum so erschlägt

Jesu du starbst für uns am Kreuz voll Mut
Und erlöstest die Unschuldigen Kindlein durch dein Blut
Auf die Bitten deiner Frau Mutter gut
    Bring auch uns in des Himmels Geheg

Julzeit-Kinderreim

Jul! Jul! Jul!
Drei Frösche tief im Pfuhl.
Drei Könige gehn zur Schul.
Brennt Kerzen und schreit Jul!

Willkommen Jul. Seid alle froh
den Heiligen Tag zu feiern so

Willkommen König, des Himmels Herr!
Willkommen Kind, das zu uns kam her!
Willkommen singen wir dir immer mehr!
Willkommen, Jul!

Willkommen seid, Stephan und Johanns!
Willkommen ihr Kindlein, unschuldig ganz!
Willkommen Thomas im Märtyrerkranz!
Willkommen, Jul!

Willkommen sei, gutes neues Jahr!
Willkommen, ihr zwölf Tag und Nächte gar!
Willkommen, ihr aller Heiligen Schar!
Willkommen, Jul!

Willkommen sei, Mariae Lichtmeßzeit!
Willkommen, Königin der Seligkeit!
Willkommen alle, die ihr hier seid!
Willkommen, Jul!

Willkommen alle, ob kurz ob lang!
Willkommen alle zu Speis und Trank!
Willkommen alle, und Gott sei Dank!
Willkommen, Jul!

Lied der Chorsänger

Leinen ist dünn und Samt ist rar
Weihnacht kommt nur einmal im Jahr
Ist es da gibts Speis und Trank
Ist es um brauchts wieder lang

Weihnacht kommt nur einmal im Jahr
Bringt Speis und Trank denn es ist hier
Ein Beutel voll Geld und ein Keller voll Bier
Und ein fettes Schwein das langt übers Jahr

Kommt all ihr werten Herren

Kommt all ihr werten Herren
Und wer hier stehen mag
Denn Christus unser Heiland ist
Geborn am Weihnachtstag
Jungfrau Marie voll Gnaden
Vorm Herrn auf Knien lag
Und wir wünschen euch
Segen und Glück!

Und Christus unser Heiland
Lag auf der bloßen Streu
Da liegt er in der Krippe und
Die Ochsen fressen Heu
Jungfrau Marie voll Gnaden
Lobt Gott den Herrn aufs neu
Und wir wünschen euch
Segen und Glück!

Gott segne den Herrn des Hauses
Und geb ihm langes Leben
Und viele frohe Weihnachtsfeste
Mag er ihm noch geben
Gott segne auch uns alle
Weit und breit und das ist wahr
Und wir wünschen euch allen
Ein gutes Neues Jahr

Aus dem Hymnus von himmlischer Liebe

Er, der gethront mit Seinem Herren groß
Im Schoß der ewigen Glückseligkeit
Stieg nun als Diener nieder, arm und bloß
Demütig in des Fleisches schlechtem Kleid
Daß Er die Sünde sühn für alle Zeit
    Und bring den Menschen in den seligen Stand
    In dem er sich vor Adams Fall befand

O hehrer Morgenstern! o strahlend Licht!
Der Liebe Quell! der Gnade Blütenbaum!
Du spiegelst Deines Vaters Angesicht,
Du Herr der Macht! Dein Ruhm durchhallt den Raum!
Du sanftes Gotteslamm! Du Gnadentraum!
    Wie danken wir, sag an, Dir all Dein Gut?
    Und was wiegt auf Dein unschätzbares Blut?

Sagt wie Er ganz zuerst gebettet lag
Auf Stroh in schlichter Krippe, Ihm zur Seit
Des Esels Demut und des Ochsen Plag.
In welchen Lumpen, welch geringem Kleid
Lag dort unsere himmlische Herrlichkeit!
    Und so sahn die einfältigen Hirten Ihn
    Den größte Könige grüßten tief auf Knien

Von ganzer Seel, von ganzem Herz und Geist
Hab du Ihn lieb! Gehorch Seinem Befehl!
All andre Lieb womit die Welt umgleißt
Den schwachen Sinn und bös verstört die Seel
Wirf ab von dir! Tu Makel ab und Fehl
    Und gib dich ganz und willig heut und hier
    Ihm, der Sich ganz und willig hingab dir!

Edmund Spenser

Wieviel Meilen

Wieviel Meilen nach Babylon?
Siebzig. Wenns hoch kommt noch zehn.
Kann ich dort hin bei Kerzenlicht?
Ja, auch zurück kannst du gehn:
Wenn deine Fersen flink sind und leicht
Kommst du bei Kerzenlicht hin vielleicht

Wieviel Meilen nach Bethlehem?
Unterm Stern dort das letzte Stück.
Kann dort hin meine Seele gehn?
Ja, und muß nie mehr zurück:
Wenn dein Glaube und deine Hoffnung reicht
Findst du den Weg nach Bethlehem leicht

Es kommt der Herr

Es kommt der Herr und schiebts nicht hin
Sein Schritt irrt nimmermehr
Es zieht vor ihm der rechte Sinn
Als Königsherold her

Die Wahrheit wird dann blumengleich
Erblühn und sprießen gar
Gerechtigkeit vom Himmelreich
Blickt auf die sterbliche Schar

Steh auf, Herr Gott! Dein starkes Recht
Laß Du uns angedeihn
Denn Du gebietest dem Geschlecht
Der Menschen ganz allein

Die Völker die Du selbst erschufst
Solln kommen von weither
Gebeugt vor Dir da Du sie rufst
Zu Deines Namens Ehr

Denn groß bist Du und Wunder groß
Die starke Hand tut Dein
Auf Deinem Throne zeitenlos
Bleibst Du nur Gott allein

John Milton

Hört frohen Ruf

Hört frohen Ruf: Der Heiland kommt
Er kommt verheißen lang
Ein jedes Herz sei ihm ein Thron
Ein jeder Mund Gesang

Er kommt Gefangne zu befrein
Aus Satans alter Haft
Es bricht vor ihm das Tor aus Erz
Der Eisenfessel Kraft

Er rettet das gebrochne Herz
Die blutge Seele heilt.
Den Segen seiner Gnade er
Den Demütigen erteilt

Drum »Hosianna, Friedensfürst!«
Wir singens froh zusammen
Des Himmels hohe Wölbung hallt
von Deinem teuren Namen

Philip Doddridge

Weißes Paternoster

Matthäus Markus Lukas Johannes
Mit eurem heiligen Segen begann es

Vier Ecken hat mein Bett
Vier Engel um mich steht!

Einer zur Wacht und einer zum Gebet
Und zwei daß meine Seele mit ihnen geht!

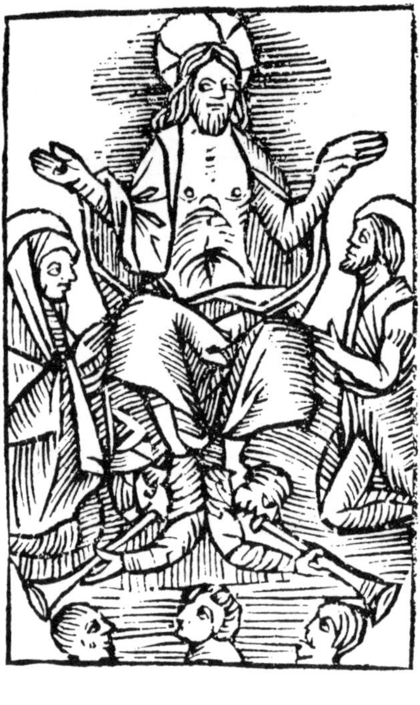

Winkelsegen

Mein Haus hat vier Winkel
Vier heilige Engel

Ein Pfosten inmitten
Das ist Jesus Christus

Lukas Markus Matthäus Johannes
Kehrt ein hier mit Gott und segnet die Christmeß!

Die Zwölf Weihnachtstage

Am ersten Tag der Weihnacht
Schickt der mich liebt so sehr
Mir ein Rebhuhn
In einem Birnbaum her

Am zweiten Tag der Weihnacht
Schickt der mich liebt so sehr
Zwei Turteltauben
Und ein Rebhuhn
In einem Birnbaum her

Am dritten Tag der Weihnacht
Schickt der mich liebt so sehr
Drei französische Hennen
Zwei Turteltauben
Und ein Rebhuhn
In einem Birnbaum her

Am vierten Tag der Weihnacht
Schickt der mich liebt so sehr
Vier schwarze Drosseln
Drei französische Hennen
Zwei Turteltauben
Und ein Rebhuhn
In einem Birnbaum her

Am fünften Tag der Weihnacht
Schickt der mich liebt so sehr
Fünf goldne Ringe
Vier schwarze Drosseln
Drei französische Hennen

Zwei Turteltauben
Und ein Rebhuhn
In einem Birnbaum her

Am sechsten Tag der Weihnacht
Schickt der mich liebt so sehr
Sechs Gänse die legen
Fünf goldne Ringe
Vier schwarze Drosseln
Drei französische Hennen
Zwei Turteltauben
Und ein Rebhuhn
In einem Birnbaum her

Am siebenten Tag der Weihnacht
Schickt der mich liebt so sehr
Sieben Schwäne die schwimmen
Sechs Gänse die legen
Fünf goldne Ringe
Vier schwarze Drosseln
Drei französische Hennen
Zwei Turteltauben
Und ein Rebhuhn
In einem Birnbaum her

Am achten Tag der Weihnacht
Schickt der mich liebt so sehr
Acht Mädchen die melken
Sieben Schwäne die schwimmen
Sechs Gänse die legen
Fünf goldne Ringe
Vier schwarze Drosseln
Drei französische Hennen
Zwei Turteltauben
Und ein Rebhuhn
In einem Birnbaum her

Am neunten Tag der Weihnacht
Schickt der mich liebt so sehr
Neun Trommler die trommeln
Acht Mädchen die melken
Sieben Schwäne die schwimmen
Sechs Gänse die legen
Fünf goldne Ringe
Vier schwarze Drosseln
Drei französische Hennen
Zwei Turteltauben
Und ein Rebhuhn
In einem Birnbaum her

Am zehnten Tag der Weihnacht
Schickt der mich liebt so sehr
Zehn Pfeifer die pfeifen
Neun Trommler die trommeln
Acht Mädchen die melken
Sieben Schwäne die schwimmen
Sechs Gänse die legen
Fünf goldne Ringe
Vier schwarze Drosseln
Drei französische Hennen
Zwei Turteltauben
Und ein Rebhuhn
In einem Birnbaum her

Am elften Tag der Weihnacht
Schickt der mich liebt so sehr
Elf Damen die tanzen
Zehn Pfeifer die pfeifen
Neun Trommler die trommeln
Acht Mädchen die melken
Sieben Schwäne die schwimmen
Sechs Gänse die legen

Fünf goldne Ringe
Vier schwarze Drosseln
Drei französische Hennen
Zwei Turteltauben
Und ein Rebhuhn
In einem Birnbaum her

Am zwölften Tag der Weihnacht
Schickt der mich liebt so sehr
Zwölf Herren die hüpfen
Elf Damen die tanzen
Zehn Pfeifer die pfeifen
Neun Trommler die trommeln
Acht Mädchen die melken
Sieben Schwäne die schwimmen
Sechs Gänse die legen
Fünf goldne Ringe
Vier schwarze Drosseln
Drei französische Hennen
Zwei Turteltauben
Und ein Rebhuhn
In einem Birnbaum her

Die bittere Weide

Es war ein schöner Feiertag, doch
Nicht viel Segen vom Himmel fiel.
Da bat unser Heiland die Mutter sein
Um den Ball im Freien zum Spiel

»Da ist dein Ball, mein lieber Sohn
Es ist Zeit, du wärest schon drauß'!
Doch daß ich keine Klagen hör
Wenn du abends kommst nach Haus!«

So Hügel auf und Hügel ab
Unser Heiland lief querfeldein
Bis er drei reiche junge Herren traf:
»Gut Morgen euch allen drei'n!«

»Gut Morgen! Gut Morgen! Gut Morgen!«
Sagten die drei zumal.
»Nun, wer von euch drei jungen Herrn
Will werfen mit mir den Ball?«

»Wir alle sind Söhne von Damen und Herrn
Geboren in Schloß und Halle
Und du bist nichts als der Sohn einer Magd
Geboren im Ochsenstalle!«

Lieb Jesus lacht' nicht und lächelte nicht
Sondern wandt' bei dem Wort sich ab
Doch die Tränen tropften ihm aus dem Aug
Wie Wasser vom Himmel herab

»Und seid ihr auch Söhne von Damen und Herrn
Geboren in Schloß und Halle,
Ich zeigs euch doch vor eurem Ende: Ich bin
Ein Engel – und mehr als ihr alle!«

Und er schlug eine Brücke aus Sonnenstrahlen
Und lief fort übers Wasser frei
Die reichen jungen Herrn liefen zornig ihm nach
Da ertranken sie alle drei

So Hügel auf und Hügel ab
Liefen drei reiche Mütter gekränkt:
»Maria lind, ruf heim dein Kind
Denn unsre drei hat er ertränkt!«

»Wo warst du fort, an welchem Ort?«
So fragte Maria ihr Kind:
»Und wo sind die drei reichen jungen Herrn?
Gib Antwort mir geschwind!«

»O ich war fort, dort unten im Ort
Bis weit drüben zur heiligen Quelle
Und ich nahm drei sündhafte Seelen fort
Und tauchte sie tief in die Hölle!«

Maria lind, die nahm ihr Kind
Und sie legte ihn übers Knie
Und mit einer Handvoll Weidenruten
Drei Hiebe gab ihm sie

»O bittere Weide! o bittere Weide!
Deine Ruten die brennen mich arg!
Und die Weide fall' drum als erster Baum um
Der verfault von innen im Mark!«

Die heilige Quelle

Es war an einem Maimorgen schön
Der auf einen Feiertag fiel
Da fragte lieb Jesus seine Mutter gut
Ob er ausgehn dürfe zum Spiel

»Zum Spiel, zum Spiel soll lieb Jesus gehn
Zum Spiel, ja, geh nur hinaus
Doch daß ich keine Klage hör
Wenn du abends kommst nach Haus!«

Lieb Jesus ging fort, in die Stadt unten dort
Bis zur heiligen Quelle dann,
Und traf Kinder dort die waren so fein
Wie mans grade nur sagen kann

Er sprach: »Gott segne euch alle zusamm
Und Christ steh euch allen bei!
Kleine Kinder, ich möcht spielen mit euch
Und ihr spielt mit mir alle drei!«

Aber sie gaben Antwort und sagten ihm nein
Daß sie Söhne von Herren und Damen sei'n
Und er sei geringer als sie alle
Nur ein Jungfrauenkind aus dem Ochsenstalle

Lieb Jesus lacht' nicht und lächelte nicht
Sondern wandt' bei dem Wort sich ab
Doch die Tränen tropften ihm aus dem Aug
Wie Wasser vom Himmel herab

Lieb Jesus wandt' bei dem Wort sich ab
Um zur Mutter nach Hause zu gehn

Und er sagte: »Ich war in der Stadt dort drüben
Du kannst alles jetzt noch sehn

Doch ich ging wieder fort aus der Stadt unten dort
Von der heiligen Quelle auch dann
Denn ich traf dort Kinder die waren so fein
Wie mans grade nur sagen kann

Ich bat Gott, sie zu segnen alle zusamm
Und daß Christ ihnen allen steh' bei
Und ich sprach: Kleine Kinder, ich möcht spielen mit euch
Und ihr spielt mit mir alle drei!

Aber sie gaben Antwort und sagten mir nein
Daß sie Söhne von Herren und Damen sei'n
Und ich sei geringer als sie alle
Nur ein Jungfrauenkind aus dem Ochsenstalle«

»Und bist du auch nur ein Jungfrauenkind
Geboren im Ochsenstalle
So bist du doch Christus des Himmels König
Und der Heiland für sie alle!

Lieb Jesus, geh fort in die Stadt unten dort
Bis hin zur heiligen Quelle
Und nimm diese sündhaften Seelen fort
Und tauch sie tief in die Hölle!«

»Nein, nein!« sprach drauf lieb Jesus klein
»Nein, nein, das darf nicht sein
Denn es gibt zu viele sündhafte Seelen
Die um Hilfe zu mir schrein.«

Und dann sprach der Engel Gabriel
Und Sankt Stephan dazu auch noch:
»Und bist du auch nur ein Jungfrauenkind
Du bist König des Himmels doch!«

Seht Er steigt herab auf Wolken

Seht, Er steigt herab auf Wolken
Der für uns den Tod litt schon.
Tausend tausend Heilige folgen
Im Triumph dem Gottessohn:
Halleluja!
Christ besteigt der Erde Thron!

Jedes Aug soll ihn nun sehen
In der Herrschaft Prunk und Stolz.
Ihr, die Ihn einst tatet schmähen
Die ihn nageltet ans Holz . . .
Weheklagend
Den Messias sehn: Ihr sollts!

Jene Male Seiner Leiden
Trägt sein Leib im Glanze noch.
Endlos halten Ihn in Freuden
Die erlösten Gläubigen hoch.
Wie beglücken
Uns des Herren Narben doch!

»Ja und Amen!« stimmt ihr Chöre
Vor dem ewigen Throne ein!
Heiland, nimm die Macht und Ehre
Nimm die Herrlichkeit, die Dein:
Halleluja!
Du regierst, und Du allein!

Charles Wesley

Beim Auftragen des Eberkopfes

Caput Apri defero
Reddens laudes Domino

Den Eberkopf trag ich herein
Schön aufgeputzt mit Rosmarein
Ich bitt euch wollt nun lustig sein
Quot estis in convivio.

Der Eberkopf, wie ichs verstand
Der ist der beste Braten im Land
Seht zu wo immer man ihn fand
Servite cum cantico.

Seid froh, ihr Herrn, und singt und lacht
Der Haushofmeister hat ihn gebracht
Daß ihr euch freut der Weihenacht
Quot estis in convivio.

Der Carol von St. Stephan

St. Stephan war ein Diener
In König Herods Halle
Und sorgte für sein Gewand und Speis'
Wie gute Diener alle
    Stephan aus der Küche kam
    Mit dem Eberkopf in der Hand
    Da sah er einen Stern scheinen
    Der ob Bethlem stand
Fort warf er den Eberkopf
Und trat in des Königs Halle:
König Herod, ich verlasse dich
Und deine Taten alle!
    König Herod, ich verlasse dich
    Und deine Taten alle:
    Zu Bethlem ist ein Kind geborn
    Das ist besser als wir alle!
»Stephan sprich, was ficht dich an
Was treibt dir deine Galle?
Fehlts dir an Fleisch oder fehlts dir an Trunk
In König Herods Halle?«
    Fehlt mir nicht Fleisch und fehlt mir nicht Trunk
    In König Herods Halle:
    Zu Bethlem ist ein Kind geborn
    Das ist besser als wir alle!
»Stephan sprich, was ficht dich an?
Bist du toll und von Verstand?
Fehlts dir an Gold oder fehlts dir an Geld
Oder fehlts dir an reichem Gewand?«
    Fehlt mir nicht Gold und fehlt mir nicht Geld
    Und auch nicht reiches Gewand:

Zu Bethlem ist ein Kind geborn
Das ist der Welt Heiland!
»Du sprichst so wahr, mein Stephan
So wahr, das sag ich dir
Wie der Kapaun da krähn wird
In meiner Schüssel hier!«
Das Wort war kaum gesprochen
Das Wort in des Königs Halle
Da kräht' der Kapaun: »Christus natus est!«
Da erschraken die Herren alle
»Auf nun, auf, meine Henkersknecht!
Einzeln und zu zweien!
Und führt mir Stephan vor die Stadt
Und steinigt ihn mit Steinen!«
Da steinigten ihn die Henker
Daß er erschlagen lag
Weshalb wir sein gedenken
An Christi eigenem Tag

Der kleine Raum

Als auf mein Bett mit Sorgenlast
Ich hinwarf mich und suchte Rast
Da war mein Traum so wunderbar
Den bring ich aller Welt nun dar

Ein Engel ganz in Weiß gekleidt
Trat da zu mir zur nächtigen Zeit
Und sprach: »Steh auf und geh mit mir
Dann zeig ich große Wunder dir!«

Der Engel mich zu gehen zwang
Ob ich auch zagte weh und bang
Und führte mich bald weg von dort
An einen mehr als schönen Ort

Ein König saß auf seinem Thron
Ein Sänger sang mit schönem Ton
Es glänzte eines jeden Tracht
Noch heller als des Tages Pracht

Es war ein herrlich schöner Ort
Ich wär so gern geblieben dort
Doch sprach der Engel dann zu mir:
»Du arme Seel, du bleibst nicht hier

Ein wenig weiter mußt du gehn
Denn etwas andres sollst du sehn.«
So ging ich und der Trennungsschmerz
Durchbohrte durch und durch mein Herz

In einen kleinen Raum es ging
Wo uns Gestank und Staub umfing

Denn wie ein Düngerhaufen war
Der Raum verschmutzt schon viele Jahr

Wollt einer ihn vom Schmutz befrein
Fraß doch die Fäulnis so sich ein
Er konnt ihn nimmer reinigen gut –
Der König aber war voll Wut

Er sprach: »Der soll nicht länger stehn
Ich will ihn gleich vernichtet sehn
Ich hoff nicht mehr auf eure Kunst
Ich brenn den Raum mit Feuersbrunst!«

Dann führt er mich an andern Ort
Und was ich sah voll Schrecken dort
Der Anblick traf ins Herz mich auch
Denn Schwefel wars und Brand und Rauch

Und einer sah mich grimmig an
Daß ich zu zittern gleich begann
Furcht zog in meine Seele ein
Ich sprach: »Wie lang muß ich hier sein?«

Der Engel aber sprach zu mir:
»Für immer mußt du bleiben hier.
Wenn nicht der Raum gefegt wird rein
Kannst niemals du erlöset sein.«

Der Prinz sprach: »Vater, mir zulieb
Hier diesen kleinen Raum mir gib!
Ich wasch ihn rein und mach ihn gut
Mit meines eigenen Herzens Blut.«

Und kaum gesagt, geschahs auch schon
Der König wollte daß sein Sohn

Die größte Qual erleiden sollt
Den Raum zu putzen blank wie Gold

Sein Blut drum bald zu Boden floß
Und Wasser man darüber goß
Der Raum war plötzlich rein und schön
Und nicht ein Fleck mehr war zu sehn

Der Engel kam zu mir herbei:
»Ich komm dir sagen, du bist frei.«
Ich war in heller Freud entbrannt
Daß ich die Prüfung überstand

Er bracht mich wieder in den Raum
Der war voll Duft, man glaubt es kaum.
Ich war erstaunt den Raum zu sehn
Weil der so anders war und schön

Drum zu dem Engel sagte ich:
»O deut mir dies, ich bitte dich.
Was ist der Raum, den Duft und Glanz
So wunderbar verwandelt ganz?«

Der Engel sprach: »Das ist die Welt.
Sie wär zu Asche längst zerschellt
Hätt Christus nicht geopfert sich:
Sein Blut wusch rein die Welt und dich

Obwohl er starb, er lebt erneut
Und herrscht an seines Vaters Seit'
Zu seiner rechten Hand sitzt er
Und lebt nun ewig, unser Herr

Er kommt bald richten diese Welt!
Daß jeder Bösewicht dann fällt

Tief in der Unzufriedenheit Schlund
Dort quält der Feind ihn Stund um Stund

Doch die Gerechten fürchten nicht
Sie sitzen hoch beim Herrn im Licht.
Und litten sie auf Erden Not
Sie werden selig nach dem Tod.«

Er nahm mich an der Hand darauf
Und sprach: »Du arme Seel, wach auf!«
Aus meinem Schlaf bin ich erwacht
Und hab geweint und hab gelacht

Zu sehn wie Christus voll Geduld
Die Qual erlitt um unsre Schuld.
Für alle Welt sein Blut er gab
Uns freizukaufen von dem Grab

Ich hoff der Traum kommt mir zugut:
Herr Jesus, wasch mit deinem Blut
All meine Sünden ganz zunicht
Daß ich bestehn kann vor Gericht!

Ach, lieber Sohn

»Ach, lieber Sohn«, sprach Maria:
»Mein lieber Sohn du, ach!
Küß deine Mutter, Jesus
Und freu dich und lach!«

Vergangne Nacht bin ich erwacht
Vom Schlaf so tief.
Ich sah Marie, da weinte sie,
Als Jesus rief.

Und vor der Welt voll grimmer Kält'
Schützt sie den Sohn,
Und Joseph bat sein Weib um Rat:
Das ist wie Hohn!

Mein Geld ging aus in diesem Haus
Das geht mir so:
Mein Sohn, der Herr von Land und Meer,
Liegt hier auf Stroh!

»Ach, lieber Sohn«, sprach Maria:
»Mein lieber Sohn du, ach!
Küß deine Mutter, Jesus
Und freu dich und lach!«

»Lieb Mütterlein, nun nicht mehr wein!
Die Tränen stille!
Ich lieg hier froh, denn das ist so
Gott Vaters Wille

Ja, Hohn und Spott, der Wunden Not
Die sind mein Los.
Mit Wunden viel komm ich ans Ziel
In Leiden groß.

Nach Golgatha, das ist so nah,
Muß ich sodann
Euch zu befrein, muß ich dann sein
Genagelt an.«

»Ach, lieber Sohn«, sprach Maria:
»Mein lieber Sohn du, ach!
Küß deine Mutter, Jesus
Und freu dich und lach!«

Die Wahrheit kommt vom hohen Thron

Die Wahrheit kommt vom hohen Thron
Vom Gott der Liebe, Gottes Sohn.
Drum schließ vor keinem Mann dein Tor
Leih jedem, Arm und Reich, dein Ohr!

Das erste, damit fang ich an:
Der Herrgott schuf zuerst den Mann
Als nächstes dann, du weißt es schon
Das Weib, damit sie bei ihm wohn'

Worauf sie Gott nach seinem Rat
Ins Paradies gesetzet hat
Dort traf sie nicht des Bösen Wucht
Solang sie mieden *eine* Frucht

Allein sie aßen sie voll Sünd
Womit ihr tiefer Fall beginnt
Sie rissen dich und rissen mich
Und ihre Enkel all mit sich

So erbten wir unendlich Leid
Bis Gott der Herr uns hat befreit
Denn er versprach vor Zeiten schon
Daß er uns löst mit seinem Sohn

Und grad um diese Zeit im Jahr
Marie den Heiland uns gebar
Der hier als Mensch den Herren pries
Und viele Tausend unterwies

Aus Lieb zu uns litt er den Tod
Zu zeigen uns den Weg zu Gott
Und wer den Weg will gehn hinfort
Der höre gut auf Gottes Wort

Er sprach: »Bringt ihn nun, der euch liebt
Zu allen Völkern die es gibt
Und jeden der da glaubt an mich
Befrei von allen Sünden ich!«

Drum geb euch allen Jesus Christ
Die Gnade die sein Glaube ist
Damit sein Heil an euch geschieht
Und so schließ ich mein Weihnachtslied

Am Morgen von Christi Geburt

Dies ist der Monat, dies der Morgen klar
An dem des ewigen Himmels-Königs Sohn
Den Josephs Weib, die reine Magd, gebar
Erlösung uns gebracht vom Hohen Thron.
Dies sangen einst die alten Weisen schon
  Daß er vom alten Übel uns befreit
Und mit dem Vater uns versöhnt für alle Zeit

Die hehre Form, den Lichtglanz sonder Maß
Und jenen Flammenstrahl der Majestät
Worin er an des Himmels Rats-Tisch saß
Als Mitte der hoch-heiligen Trinität
Die gibt er hin, da er zu uns her geht
  Zieht von dem Hof des ewigen Tages aus
Und wählt bei uns von sterblich-dunklem Lehm ein Haus

Sag, Muse, du! soll nicht dein heiliger Hort
Gewähren ein Geschenk dem Gottes-Kind?
Gibst du nicht Hymnus, Vers, noch hohes Wort
Am neuen Wohnort ihm zum Angebind
Noch eh die Sonne ihre Fahrt beginnt
  Eh ihr Gespann vom Himmel scheucht die Nacht
Nun das gestirnte Heer in hellen Haufen wacht?

Sieh ostwärts, wie – vom Stern gelenkt – aufbricht
Der Magier Hast mit süßen Spezerein!
O eile! laß dein demutvoll Gedicht
Die erste Gabe ihm zu Füßen sein!
Grüß deinen Herrn, eröffne du den Reihn
  Und heb dein Lied mit Seiner Engel Chor
Von Seinem heimlichen Altar bis an Sein Ohr!

John Milton

Aus dem Yorker Mysterienzyklus

Mariä Verkündigung

ENGEL

Heil dir, Maria mild und rein!
Mit dir ist Gott der Herr
Und hat dich erkoren reich zu sein
Vor allen Frauen an Ehr'

MARIA

Welch ein Wort dringt auf mich ein?
Wer kommt da zu mir her?
Eine Stimme sagt im Herzen mein
Das bedeutet noch mehr

ENGEL

Maria mild, mußt fürchten nicht
Und nicht zur Erde schauen
Weil also der Herrgott durch mich spricht:
Gebenedeit sei vor allen Frauen!

In deiner Keuschheit der nichts gebricht
Wirst du einen Knaben empfangen.
Ich soll dir bringen von ihm Bericht:
Das Heil der Welt wird an ihm hangen
  Jesus sollst du ihn nennen mit Namen.
  Mächtiger als alle König' mit Kronen
  Gott wird er sein, Gottes Sohn zugleich
Den Thron Davids, von dem er tut stammen
Wird Gott Vater ihm geben: Drauf soll er thronen
Als König in seinem ewigen Reich

In Jakobs Haus wird er immerdar wohnen
An Werken und Würden allzusammen
An Weisheit und Wundern kommt keiner ihm gleich

MARIA

Du Gottes Engel voll hoher Huld
Wie kann es sein, ich bitte,
Daß ich, eine Jungfrau ohne Schuld
Die nie abließ von Zucht und Sitte
    Ein Kind nun sollt' empfahn?
    Nie kannt ich einen Mann
Der mir meine Unschuld hätte genommen.
Wie sollt ich da ein Kind bekommen?
    Da ich, von argen Gedanken weit
    Keusch gelebet hab alle Zeit

ENGEL

Der Heilige Geist in seiner Huld
Wird deine Tugend erkennen.
Ein Kind wirst du tragen, rein – ohne Schuld
Gottes Sohn wird man es nennen

MARIA

Du Engel: Segen verkündest du
Gottes Wille soll geschehen
Ich lieb meinen Herrgott immerzu
Wies mir auch mag ergehen
    Gottes Magd will ich sein
    Und in Züchten erfüllen
    Die Worte dein
    Die mir künden seinen Willen!

ENGEL

Nun, Gott, du unsre Zuversicht
Durch des Heiligen Geistes Huld
Schütz du Maria mild und licht
Vor aller Schand und Schuld!

Josephs Mißtrauen

JOSEPH

Nun muß ich trauern mit triftigem Grund.
Ich nahm ein junges Mädchen zum Weib
Ich, der ich alt bin und gar nicht gesund.
Herrgott, zu lang schon leb ich, beileib!
  Meine alten Knochen sind schwer wie Blei
  Gebrechen beugen mich mancherlei
  Drum, Herr, gib Hilf und Rat
  Oder laß mich nicht leben nun
  Und laß mich von der Schande ruhn
  Die mir antut Marias Tat

Denn gerne möcht ich fluchen heut
Dem Tag, da ich in' Tempel ging
Ein schlechter Handel wars: Mich reut
Daß ich sie dort zum Weib empfing
  Denn jeden ledigen Mann
  Wies man zu halten an
  Dort einen dürren Zweig.
  So kams, daß ich dort stand
  Den Zweig in meiner Hand
  Ob sich ein Wunder zeig

Und unter allen Zweigen dort
Erblühte meiner und grünte jäh
Und alle sagten mir sofort
Ich muß ein Weib nehmen zur Eh'.
  Der Handel, den ich schloß
  Macht mir nun Kummer groß
  Ich rauf mein graues Haar.

Unbeweibt und allein
Wollte ich gerne sein
Bis an mein End fürwahr

Glaubt denn Maria ich bin blind?
Betrogen bin ich und weiß nicht wie.
Ihr Leib ist schwer, sie trägt ein Kind
Jedoch berührt hab ich sie nie
Und dennoch widerstrebt es mir
Zu zeihen sie mit einem Mann.
Da scheint kein andrer Ausweg hier:
Der Schande ich nicht entgehen kann
Das Kind ist doch nicht mein
Das tut mir bitter weh
Treibt fort vom Haus mich gar.
Nie kehrt ich bei ihr ein
Wies Brauch ist in der Eh.
Was ist nun Trug, was wahr?

Doch ob ich sie auch verlassen will
Ich geb sie nicht der Schande preis.
Fort geh ich heimlich in der Still'
Wenn ich den Vater des Kindes erst weiß
Nun Herrgott, zeig in deiner Gnad'
Hier durch den Wald mir Steg und Pfad
Und Laub zur Lagerstatt
Daß ich hier eine Weile bleib
Um auszuruhn den müden Leib
Das Herz, vom Kummer matt

ENGEL

Joseph! Joseph! Kümmer dich mehr
Um Maria, dein Weib! Erwachst du nicht bald?

JOSEPH

Ach, laß mich schlafen! Müd bin ich sehr
Von dem weiten Weg durch diesen Wald.

ENGEL

Steh auf und schlaf nicht mehr!
Du machst das Herz ihr schwer
Die dich vor allen liebt.

JOSEPH

O weh! Wie schlimm ergeht es mir
Daß ich erst Weg, dann Schlaf verlier
Und daß es Ruh' nicht gibt! –

Wer bist du der mir befehlen tut?

ENGEL

Gabriel, Gottes Engel bin ich.
Maria hab ich in meiner Hut.
Hergeschickt bin ich zu mahnen dich
Und zurück dich zu führen zu deiner Eh'.
Ich verbiete dir sie zu verlassen je
Oder Argwohn zu hegen.
Nun mach zu ihr dich auf geschwind
Und fürcht dich nicht vor ihrem Kind.
Dies Kind ist Gottes Segen

Das Kind dessen Mutter sie wird sein
Hat sie empfangen vom Heiligen Geist
Der Seligkeit und Hilfe allein
Den Menschen durch dieses Kind erweist.

Den Namen Jesus sollst du ihm geben
Und wie werden wird sein Leben
Siehst du dann bald:
Sein Volk wird er befrein
Vom Bösen und von Pein
Die jetzt es noch umkrallt

JOSEPH

Und ist das Wahrheit, Engel, dein Wort?

ENGEL

Ja, Joseph, Wahrheit! . . . Nun aufgemacht!
Geh zu Maria heim sofort
Bring sie nach Bethlem noch diese Nacht.
Dort wird ihr Kind geboren werden
Gottes Sohn aus dem Himmel auf Erden
Den kein Mensch an Macht erreicht

JOSEPH

O Herrgott, wo sind meine müden Gebärden
Der Engel vertrieb alle meine Beschwerden
Noch nie war mir so leicht!
Doch weil ich Maria fast ließ allein
Und hab sie beschuldigt, die makellos
Muß ich sie bitten, mir zu verzeihn
Meine Reue ist wie meine Freude so groß

Mein Gemahl Maria! Wie geht es dir?

MARIA

Ach gut, mein Joseph, denn du bist hier!
Was stehst du dort allein?

JOSEPH

Ich wollt gern meinen Rücken
Demütig vor dir bücken
Könnt'st du mir noch verzeihn

MARIA

Verzeihn, mein Joseph? Nein sicherlich:
Ein gutes Weib will das gar nicht hören!

JOSEPH

Jawohl Maria, voll Schuld bin ich:
Mit böser Red' tat ich dich verstören!
Doch laß uns nehmen den Stab zur Hand
Schnüren ein Bündel aus unserm Gewand
Und Hab und Gut zuhauf.
Nach Bethlehem müssen wir ziehn
Ich trag auch deins, daß ich dir dien:

Lad mir das Bündel auf!

Maria und Joseph im Stall zu Bethlehem

JOSEPH

Dreieiniger Gott in deiner Macht
Ich bitte dich, bei deiner Allgewalt
Hab heut auf deinen Diener acht
Weil ich nun hier muß machen Halt
  In Einsamkeit.
O Herr behüte uns heut nacht
  Vor Pein und Leid.

Ich hab gesuchet kreuz und quer
In allen Gassen dieser Stadt
Doch so viel Volk ist kommen her
Daß kein Wirt für uns Herberg hat.
  Wohl wär ich froh
Wenn ich uns wüßte bessern Rat
  Als hier das Stroh

Das ist ein karges Nachtquartier:
Es wird der kalte Wind uns wehn
Die Wand hat Risse dort und hier
Du kannst durchs Dach die Sterne sehn.
  Es klafft das Tor
Sag an, Maria, was soll geschehn?
  Was schlägst du vor?

Weil ich kein andres Obdach find
Wie du fürwahr ja selber weißt:
Kein Tisch, kein Bett, nur kalter Wind
Und wir sind müd und weit gereist
  Und wollen ruhn.
Gnädiger Herrgott den alles preist
  Führ du uns nun!

MARIA

Gott führt uns ja, du weißt es wohl
Drum, Joseph mein, verzage nicht:
Weil hier geboren werden soll
Der unsre Sünden macht zunicht
    Und Nacht zum Tag erhellt.
Und wisse, daß die Zeit anbricht
    Er kommt – er kommt zur Welt!

JOSEPH

So liegen wir hier lieber still
An dieser Statt bis Tag anbricht?

MARIA

Jawohl, mein Joseph, 's ist Gottes Will.

JOSEPH

Ach hätten wir doch nur ein Licht!
    Viel kann geschehn!
Ich seh die Hand vor Augen nicht
    Drum will ich gehn

Daß ich ein Licht uns hole heut
Und Reisig find und Brennholz bringe

MARIA

Allmächtiger Vater, der gebeut
Und Herr ist über alle Dinge:
    In deinem Namen
Verleih mir Kraft daß mir's gelinge
    Zur Stunde. Amen!

Nun füllt mich reine Freude groß
Ich bin gekleidet in Lust so reich
Es wird geboren aus meinem Schoß
Mein Sohn jetzt: Gott und Mensch zugleich
    Gesegnet sei
Jesu, geliebtes Kindlein mein
    Geboren frei!

Heil dir, mein Gott, des Friedens Fürst!
Heil dir, mein Vater und mein Sohn
Nach dem die Welt in Sünden dürst't!
Heil dir, aller Verheißung Kron!
    Dir dessen Macht
Die Welt erschuf vor Zeiten schon
    Samt Tag und Nacht!

Mein Sohn, ich bin die Magd nur dein.
Gestatte daß ich bet zu dir
Dich halt in diesen Armen mein
Dich hüll in dieses Tuch mit mir!
    Nimm du mich hin
Da ich erkorn bin zur Mutter dir
    Schwach wie ich bin!

Joseph kommt zurück

JOSEPH

O guter Gott, 's ist bitter kalt
Nie hab ich einen solchen Frost gespürt
Hilf, Herre, jedem der da alt
Und schwach und bresthaft heut sich rührt
  Durch deine Gnad!
Gib auch mir selber Kraft und Halt
  Nach deinem Rat

Du guter Gott: welch Licht scheint dort?
Wie hell es mir entgegenleucht't!
Wie wohl wird mir! ... Mir fehlt das Wort!
Ich tret hinzu: Mich deucht ... mich deucht ...
  Maria rein ...
Ich bring ihr Speise, und Holz nicht feucht ...

MARIA

Joseph! Tritt ein!

JOSEPH

Ist alles recht, mein Kind Marie?

MARIA

Ist alles recht, mein Joseph! Ja!

JOSEPH

Was wiegst du Schönes auf deinem Knie?

MARIA

Mein Sohn, an Gnaden reich, ist da
So gut und lind!

JOSEPH

Wohl mir daß diesen Tag ich sah
Und dieses Kind!

Willkommen blühende Blume du!
Mit Hab und Gut bin ich dein Knecht!
Heil dir mein Schöpfer Christ Jesu!
König der Könige! Rat und Richter gerecht!
Heil dir o Heiland!
Heil dir Verleiher des Lichtes aus Jesse Geschlecht
Unter uns weilend!

MARIA

Du der du Herr der Welt wirst sein
Zu dir mein Sohn sag ich dies Wort:
Du hast kein Bett als nur allein
Die kalte arme Krippe dort.
Drum seis dir recht!
Sollst mir verzeihn: ich bett dich drein
So schlicht und schlecht

Die Hirten auf dem Feld

ERSTER HIRT

Solang wir Hirten sind gewen
Und hier im Tal gehütet han
Ward solch ein Zeichen noch nie gesehn!

ZWEITER HIRT

Noch nie daß wir so etwas sahn!
  Und glaubet mir:
Das zeigt ein großes Wunder an
  Leicht heut und hier!

DRITTER HIRT

Ein Engel hat uns Kunde bracht
Von unserm lieben Herrn und Christ.
Er heißt uns suchen diese Nacht
Was lange schon verheißen ist:
Das Kind, in Bethlehem geborn
  Uns hold gesinnt.
Da gäb ich gern mein' Hut und Horn
  Daß ich es find!

ZWEITER HIRT

Da bangt mir nicht: wir finden ihn
Das geht nicht fehl. Ich weiß den Grund:
Dort jener Stern, der führt uns hin.

DRITTER HIRT

So folgen wir dem Stern zur Stund!
Nehmt eure Stäb' zur Hand
Und lautes Lob aus unsrem Mund
Soll rühmen den Heiland!

ERSTER HIRT

Brüder, lustig seid und froh,
Hier sind wir am rechten Ort!

ZWEITER HIRT

Ja! und das gehört sich so,
Denn wir finden ihn wohl dort:
Hier der Stall! Er selber, Oh!
Unser Heil und unser Hort!

DRITTER HIRT

Ja, fürwahr, hier sind wir recht:
Seht, der Herr liegt dort
In der Krippe, schlicht und schlecht
Nach des Engels Wort

ERSTER HIRT

Der Engel sagte, er befreit
Uns alle die auf Erden leben.
Drum suche ich ihn allezeit
Und will mit meinem Lob anheben.
Zwar trag ich nur ein schlechtes Kleid
Besser ist meines Herzens Streben
Doch hier mein Riemenzeug – statt Geschmeid –

Auch diese Spange will ich geben
Zur Kleidung sein.
Und bist du Herr dann in Ewigkeit
Vergiß nicht mein!

ZWEITER HIRT

Sohn, der du Land und Meer wirst haben,
Sieh du mich an, dein Stern hat mich geführt.
Zu arm bin ich, daß ich dir brächte Gaben
Wie ich gern wollt und wie es sich gebührt.
Sieh, Kindlein! ich bring weils an Gold mir gebricht
Zwei Haselnüsse an einem Bande.
Vergilt es mir und vergiß mich nicht
Wenn du dann Herr bist über die Lande
Denn ich hab's hören sagen
Von Pfaffen klug und fein
Wohltun wird Zinsen tragen
Du weißt schon, was ich mein

DRITTER HIRT

Nach deinem Anblick, Herr, ich dürst
Ob ich gleich ärmlich bin gekleidt.
Über die Fürsten bist du Fürst
Ich hab für dich kein recht Geschmeid.
Doch wenn du meinen Löffel kürst
Der ist für vierzig Erbsen breit . . .
Daß ich dir auch was schenken kann.
Und groll nicht meiner Dürftigkeit
Und nimm dich einst auch meiner an!
Leb wohl du süßes Kind
Gott laß uns leben lang!
Nun gehn wir heim geschwind
Mit Lied und mit Gesang

Die Drei Könige suchen das Kind

1. KÖNIG

Herrgott, der uns ewiges Leben beut
Ich lobe dich allzeit mit Herz und mit Hand
Daß du mich sehen ließest heut
Dein Zeichen von dem mir schon lang ward bekannt.
    Man sagte ein Stern im Strahlenkleid
    Wird stillstehn im Osten am Himmelsrande
    Und uns verkünden die Ankunft der Zeit
    Des Kindes das König wird aller Lande
Es heißt daß dies Kind uns von Sünde erlöst
Und bringet große Gnad'.
So gebe Gott daß es mich tröst'
Und daß ich find meinen Pfad

2. KÖNIG

Allwaltender Gott der alles schuf
Ich ehre dich wies dir gebührt
Der du durch deines Sternes Ruf
Mich aus meinem Reich Arabien geführt.
Zu Fuß und mit Kameles Huf
Such ich das Zeichen dessen Sinn ich gespürt.
    Gott, gib mir gute Gesellen am Weg
    Und den Stern laß mir scheinen schön!
    Denn ich will nicht mehr rasten träg
    Eh ich selbst seinen Sinn gesehn

3. KÖNIG

Herr Gott der du alle Wonnen begonnen
Und den Wonnen und Wehen ein Ende kannst sein
Der du schufst für die Menschen so Mond wie Sonnen

Und den Stern dorthin stelltest so still wie ein Stein:
    Ich sehn mich den Grund dieses Wunders zu sehn.
    Zu weisen den Weg mir, das sei drum dein Wille!
    Ich hoffe ich zieh mit Gefährten zween
    Daß sich sichrer durch sie meine Sehnsucht erfülle.
Ihr Herren! Gott sei ein Hirt euch zwein
Und wehre von euch alles Weh!

1. KÖNIG

Amen! Fürwahr so mag es sein
Und auch Euch selber Heil gescheh!

3. KÖNIG

Ihr Herren, sagt mir, ich bitt euch sehr
Was wollt ihr hier in dem fremden Land?
Aus welchem Reiche reiset ihr her?
Was blickt ihr auf dort zum Himmelsrand?

2. KÖNIG

    Ich sags euch gern Herr, und sag noch mehr:
    Ein Zeichen war uns plötzlich gesandt
    Ein Königsstern der groß und schwer
    Vor unsern Augen am Himmel stand
Und also machten wir uns auf
Zu sehen was das sei

3. KÖNIG

Auch mich trieb dieser Stern hier herauf
Er zieht uns alle drei
    Denn, Herren, ich habe es hören erzählen
    Er soll ein Wunder sein an Pracht

Und um dieses Wunder nicht zu verfehlen
Habe ich mich auf den Weg gemacht

1. KÖNIG

So sind wir ein Herz und sind eine Seelen
Und ziehn selbdritt nun bei Tag und Nacht!
Wir wolln nicht Stunden noch Länder zählen
Die wir in Mühn unterwegs verbracht
Doch hier, ihr Herrn, ist Jerusalem
Da fragen wir nach wie wir gehen.
Und dort drüben ist Bethlehem
Dort werden wir es sehen

3. KÖNIG

Wir sind hier fremd und unbekannt
Die Bräuche könnten wir leicht verletzen.
Herr Herod ist König in diesem Land
Das er regiert nach seinen Gesetzen

1. KÖNIG

Ihr Herrn, da sagt uns der Verstand
Wir sollen ihn bitten uns zu beschützen
Denn Brief und Siegel von seiner Hand
Wird unsrer Sache nottun und nützen

2. KÖNIG

Seinen Schutz und seine Huld erflehn
Das ists was sich gebührt

3. KÖNIG

So laßt sogleich den Weg uns gehn
Der zu Herodes führt!

Im Schloß des Herodes

BOTE

König Herodes mit deiner Kron!

HERODES

Stör mich nicht, Schreihals! Zum Teufel geh!

BOTE

Drei Könige kommen! sind nahe schon!

HERODES

So läßt du mich nicht schlafen? He!
Verprügelt diesen Hurensohn!

RAT

Herr! Boten soll man nicht schlagen je:
Botschaft kann nützen, drum gib ihm Lohn!

HERODES

So laß schon hören! Ich bin bereit.

BOTE

Verzeiht meine Hast, Herr! 's ist wenig Zeit.
Mein Herr, ich traf früh vor den Toren
Drei Könige und ich hab vernommen,

Sie sagten es sei ein Kind geboren,
Und sie sagten sie würden zu Euch her kommen.

HERODES

Drei Könige? – Wirklich?

BOTE

Wie ichs Euch sag!
Ich wars ja selbst der sie sah!

RAT

Herr König, den Boten weiterfrag!

HERODES

Kerl, waren sie weit oder nah?

BOTE

Sie kommen wohl noch heut am Tag
Jeden Augenblick sind sie da!

HERODES

Reicht mir den Purpur daß ich ihn trag!
Heißt jeder fein sie willkommen ja!
Sagt allen daß sie freundlich sein sollen
Als wär unser Wohlwollen echt
Bis wir wissen was sie wollen
Ob es gut für uns ist oder schlecht
Dann später wolln wir sie anders empfangen . . .
Aber da kommen sie schon gegangen!

1. KÖNIG

Der Herr der uns schickte den himmlischen Schein
Der uns geleitete aus unsrem Land
Segne dich, Herr König, und die Ritter dein
Und alles Gefolge das ich hier fand!

HERODES

Mahomet der Gott und Schirmherr mein
Der all mein Heil hält in seiner Hand
Beschütz euch, ihr Herren, so würdig und fein! ...
Doch nun gebt uns eure Nachricht bekannt!

2. KÖNIG

Die sollt ihr hören, all ihr Herrn!
Wir sahen einen Stern dort vorn
Diesem Zeichen zogen wir nach von fern
Es kündet: Es ist ein Knabe geborn!

HERODES

Ein Knabe geboren? Das scheint mir schlecht!
Wahrlich, ihr ließt, ihr argen Toren,
Eure Länder, um einen jungen Knecht
Zu finden! – Wo habt ihr ihn denn verloren?
Wer klug ist, sagt drum, ihr seid nicht recht
Bei Trost ... Nur so bleibt ihr ungeschoren!

3. KÖNIG

Doch unser Stern ist ein Zeichen und echt:
Das führt uns zu ihm: Er ist auserkoren!

HERODES

Das wundert mich nicht wenig.
Wer soll der Knabe denn sein?

1. KÖNIG

Herr, dieser Knabe wird König
Der Juden ... Nur er allein

HERODES

König? – Zum Teufel, dreimal verdammt!
Ihr rast ja wie die tollen Hunde!
Bloß weil ein Zeichen am Himmel flammt
Habt ihr von einem König Kunde!
Nein! *Ich* bin König hier: angestammt!
Das bring ich euch schon noch bei zur Stunde.
Und *ich* verwalt hier des Richters Amt
Sprech Tod und Leben aus meinem Munde ...
Eure Torheit kommt euch leicht teuer zu stehen –
Etwas zu suchen was niemals bestand!

2. KÖNIG

Mein Herr, wir bitten nur: laßt uns gehen
Unserer Wege durch Euer Land!

HERODES

Wohin in drei Teufels Namen?!
Zu dem Knaben in meinem Lande?
Wenn die Drei da nicht gehen woher sie kamen
So peitscht sie und schlagt sie in Bande!

RAT

Herr, sei nicht wütend. Hör auf mein Wort
Fäll nicht dies Urteil! Es frommt dir schlecht.
Schick die drei König' in Frieden fort.
Sie solln ihn suchen, den jungen Knecht!
    Sie zeigen uns den Ort
    Wir folgen hinterdrein!

HERODES

    Das ist ein kluges Wort.
    Ich dank dir: so solls sein!

Ihr Herrn Könige die ihr von fern kommt hergezogen
Sucht nicht zu sündigen gegen unser Gebot!
Wahrlich, hättet ihr mich zuvor belogen,
Euer Leib und Leben erlitten bittere Not!
Doch weil ihr sagt was ihr gesehen
Geb ich den Weg frei und laß euch ziehn.
Und ist wirklich ein Wunder geschehen
Dann pilgre ich selbst dort hin.

Drum suchet nun bei Nacht und Tag
Nach ihm der König sein soll im Lande.
Auch ich will ihn ehren so gut ichs vermag
Denn fernzubleiben wär fast eine Schande.
    Kommt her auf dem Rückweg, mich zu belehren
    Denn ich will selber dies Kind verehren.

Die Drei Könige finden das Kind

1. KÖNIG

Wißt ihr den Weg noch? Sagt an, ihr Herrn
Wo ist das Zeichen? Ich kanns nicht sehn

2. KÖNIG

Ich auch nicht. Ich wollt wetten gern
Daß wir da hier in die Irre gehn

3. KÖNIG

Zu jenem Fürsten der uns von fern
Sein Zeichen zeigte laßt uns nun flehn
Daß uns aufs neue leuchte der Stern
Und wir am Ziel unsrer Reise stehn!

1. KÖNIG

Ihr Herrn: Der Stern ist da! ist da!
Steht ob der Stelle da er geboren!
Seht dort das Haus: es ist ganz nah
Wir haben nicht unsern Weg verloren

EINE MAGD

Wen sucht ihr Herren im kalten Wind
Auf wildem Weg eh der Tag anbricht?
Dort haust eine Frau mit ihrem Kind
Und ihrem Mann sonst niemand nicht

1. KÖNIG

Wir suchen den Herren der kommt als Kind
Den uns ein Zeichen fest verspricht
Und seine Mutter eine Jungfrau lind ...
Finden wir die hier? Gib uns Bericht!

MAGD

Kommt her, ihr guten Herrn! Ihr steht
An eurem Ziel: Dort seht den Knaben!

3. KÖNIG

O tretet her, ihr Herrn, und seht:
Hier ist was wir gesuchet haben!

1. KÖNIG

Gelobt sei Gott der bei uns stand
Und führte uns mit Zeichen sein
Auf langen Wegen durch fremdes Land
Zur Mutter her und zum Kind so rein!

2. KÖNIG

Laßt uns nicht zögern mehr zur Stund!
Nehmt alle Gaben schnell zur Hand
Eins nach dem andern köstlich und bunt
Laßt sie uns ordnen mit Verstand.
Und laßt sie uns ihm bieten fein
Wie sichs gehört zur Huldigung sein

3. KÖNIG

Dieser Knab ist würdig wohl
Reichtum und Ehre zu sehen zu seinen Füßen
Drum von uns der Älteste soll
Den Knaben als erster begrüßen

1. KÖNIG

Heil dir, aller Menschen allerhöchstes Gut voller Güte!
Heil dir, der du brichst die Bande des bösen Feinds!
Heil, Reinem, dir, aus königlichem Geblüte,
Geboren zum König der Welt, wie die Weisen kündeten einst!
  Und weil dem also ist
  Will ichs mit Gold dir entgelten
  Dessen Wert man am höchsten bemißt:
  Nimm es hin, du König der Welten!

2. KÖNIG

Heil, Speisung du, die uns alle speist!
Heil, blühende Blume die nie verdorrt!
Heil, Sohn, du Same vom Heiligen Geist
Der die Sünde der Väter von uns du nimmst fort!
  Wer erlöst wird oder verdammt
  Das richtet dereinst dein Recht!
  Hier der Weihrauch geziemt diesem Amt:
  Und sei gnädig, Herr, deinem Knecht!

3. KÖNIG

Heil, menschgewordener Heiland! Laß dich begrüßen
Da du nun und deine Mutter vereint sind in Freuden!

Heil, Herzog, dir, der du den Tod wirst treten mit Füßen
Doch sind deine Taten getan mußt du dennoch den Tod
erleiden.
Und weil dein Leib muß begraben sein
Bring ich dir Myrrhen um dein zu pflegen.
Ist auch die Gabe gering und klein
Herr, nimm sie an: gib uns deinen Segen!

MARIA

Ihr Herrn Könige! ihr kamet vergebens nicht!
Was ihr suchtet das habt ihr gefunden nach vielen
Beschwerden.
Und Gottes Engel in seiner Botschaft verspricht
Dieser da wird erlösen alle Menschen auf Erden
Und also glaubet mir:
Auch euer Heil ist nah
Und ich will bezeugen was hier
Gesagt wurde und was geschah

I. KÖNIG

So singe jeder der Trost gewinnt!
Vollbracht ist alles was wir erfleht.
Doch segne uns, du gutes Kind!
Und wir beten daß es dir wohlergeht.

Die Warnung des Engels

ENGEL

Joseph! Merk auf und hör mir zu!
Ich bin Gabriel, Gottes Engel hell.
Meine Botschaft ist: Nach Ägypten flieh du
Mit dem Kind und Marie, deinem Ehgesell!
Denn König Herod mit blutiger Hand
Läßt morden alle Knäblein im Land
   Ohne Wahl
   Überall
   Die jünger sind als zwei Jahr.
   Darum ist mein Gebot:
   Bis zu Herodes Tod
   Entflieh du der Gefahr!
Ist einst vorbei die Not
So tu ich es dir kund
Doch da sie jetzt euch droht
Zieh hin zur Stund!

JOSEPH

Herrgott, groß Lob und Dank sei dir
Daß du Gefahr mir zur Zeit sagst an!
Allein was will der König von mir?
Nie hab ich Unrecht an ihm getan
   O weh! Was rührt ihm seinen Mut
   Daß er vergießt der Kindlein Blut?
Doch was uns auch befällt
Du Herr der Welt
Dein Wille soll geschehn!
Maria mein
Nicht frag, nicht wein,
Wir müssen von hier gehn

MARIA

O weh, was diesen Bösen plagt
Daß er auf wilden Weg uns jagt?
O schwere Sünd!
Ach nach Ägypten ist es weit
Wie schütz ich wenn es stürmt und schneit
Mein süßes Kind?

JOSEPH

Ich bitt, Maria, halt ihn warm
Und weich den ganzen langen Weg
Und wenn dir müde wird dein Arm
In meinen Arm das Kindlein leg
　Gott ist mein' Hülf und Rat
　Zieht mit uns unsern Pfad
　Bringt uns ans Ziel
　Durch Fährnis viel
　Das sag ich dir
Wir gehn mit gutem Mut
Denn Gott ist hier
Der seine Wunder tut

MARIA

Amen! Denn Gott ist gut!

Nachwort

Die meisten Verse dieses Bandes sind alte Carols, aber auch die Singsprüche, Bettellieder, die Gedichte von Milton, Southwell, Spenser und anderen, ebenso wie die Szenen aus dem Yorker Mysterienzyklus, sind von der Caroltradition Englands beeinflußt.

Das Wort *carol* wird meist von *chorus* oder von *corolla* (Girlande, Ringelreihen) abgeleitet. Es ist zuerst im 14. Jahrhundert belegt, wahrscheinlich älter. Die prähistorische Kultstätte Stonehenge in Wiltshire, die als Tanzplatz der Riesen galt, hieß früher auch *The Carol* oder *Giants' Carole.*

Die älteste gedruckte Sammlung englischer Carols wurde 1521 von Wynkyn de Worde, dem Schüler und Nachfolger des ersten englischen Buchdruckers Caxton, veröffentlicht. Aus Caxtons und Wynkyn de Wordes Büchern stammen die meisten Holzschnitte dieses Bandes.

Die Mehrzahl der hier veröffentlichten Texte stammt aus dem 14. und 15. Jahrhundert. Einige dürften älter sein, Volkslieder sind schwer zu datieren. Auch die Weihnachtsszenen aus dem großen Yorker Mysterienzyklus (vermutlich dem ältesten englischen Mysterienspiel, das die Welt von der Schöpfung bis zum jüngsten Tag darstellte und alljährlich von den Zünften zu York aufgeführt wurde) stammen aus dem 14. Jahrhundert.

Aber die Caroltradition ist so lebendig geblieben, daß sie sich in Kunstliedern und geistlichen Hymnen ebenso wie in Bettler- und Küchenliedern, in Singsprüchen und in den Reimen bäuerlicher Maskenspieler fortgesetzt hat. Von allen habe ich Beispiele aufgenommen und übersetzt. Das Lied *Unterm Himmel* (I wonder as I wander), das sich seit Jahrzehnten als wiederentdecktes altes Volkslied einen festen Platz im englischen Carolrepertoire erworben hat, erwies sich vor kurzem als Dichtung seines angeblichen Entdeckers John Jacob Niles.

Einige der alten Bettlerlieder wurden seinerzeit wahrscheinlich aus gängigen Bettelsprüchen und Weihnachtsstrophen zusammengesetzt. In Küchenliedern und in den Mysterienspielen finden sich zahlreiche Anklänge an Carols. Im Robin-Hood-Reim zum Beispiel beginnt das Geflügel auf dem Küchentisch zu krähen, ein grotesker Anklang an den *Carol von St. Stephan*, in dem der gebratene Hahn auf dem Tisch des Herodes aufsteht und kräht »Christus natus est«. Auch der Carol *Die Krähe und der Kranich* spielt auf diese Legende an. Die Fabeln der Carols stammen oft aus Apokryphen, etwa in *Kirschbaum-Carol*, *Die bittere Weide* und *Die Krähe und der Kranich*. Manche Verse, wie *Weißes Paternoster* und *Winkelsegen*, erinnern an deutsche Kinderreime (Hinweise bei Iona und Peter Opie).

Gelegentlich habe ich zwei Fassungen vermutlich gemeinsamen Ursprungs nebeneinander in die Sammlung aufgenommen, z. B. *Ich sah drei Schiffe* und *Ich saß vor meiner Hütte Tür*. Dieser Carol findet sich in vielen Fassungen; hier klingt die eine freudig, die andere traurig aus. Auch *Die bittere Weide* und *Die heilige Quelle* sind offenbar gleichen Ursprungs. *Die heilige Quelle* dürfte eine spätere Entschärfung der apokryphen Legende sein. Besonders Gesellschaftskritik wurde von späteren Carolsängern und ihren Nachahmern häufig unterschlagen oder verwässert.

Der Eberkopf, auf den mehrmals angespielt wird, ist ein altes Weihnachtsgericht, das ursprünglich auf Sonnwendfeiern zurückgeht. Die Borsten des Ebers waren ein Sinnbild für die Sonnenstrahlen. Die immergrünen Gewächse Stechdorn und Efeu waren Weihnachtsschmuck, sie verkörpern aber auch den Streit zwischen Mann (Stechdorn) und Frau (Efeu).

Meine wichtigsten Quellen waren zwei berühmte große Carolsammlungen aus der ersten Hälfte des 19. Jahrhunderts, »W. Sandys, Christmas Carols« und »T. Wright, Songs and Carols«. Einige Texte habe ich aus mehreren offenbar unvollständigen Fassungen zusammengesetzt, die mir zum Teil vorgesungen oder zugeschickt wurden. Das *Bettellied* und das *Maskenspieler-Lied*, das in mehreren Mummerspielfassungen erhalten ist, ebenso der *Spruch der Liedersänger*, *Winkelsegen*, *Weißes Paternoster* und *Wieviel Meilen* wurden so zusammengesetzt.

Selbst gesammelt habe ich den *Robin-Hood-Reim*, *Der Garten der Welt*, den *Julzeit-Kinderreim* und *Wieviel Meilen*. Einige von ihnen finden sich in abweichenden, teils kürzeren, teils säkularisierten Fassungen in der großen Kinderreimsammlung »The Oxford Dictionary of Nursery Rhymes« von Iona und Peter Opie. Eine wenig abweichende Fassung des *Julzeit-Kinderreims* fand ich in »English Saga« von Arthur Bryant. Beim Zusammensetzen von Carols und Singsprüchen aus unvollständigen Fassungen habe ich mich besonders auf Hinweise in den Sammlungen von Cecil Sharp gestützt, dessen Kommentare auch bei der Übersetzung schwer verständlicher Stellen immer wieder höchst hilfreich waren. Hymnen und Gedichte, deren Verfasser bekannt sind, wurden den Werken dieser Verfasser bzw. alten Gesangbüchern entnommen.

Das Sammeln und kritische Vergleichen vieler Texte wäre mir ohne die Hilfe und Sachkenntnis meines Sohnes Hans Rolf Fried nicht möglich gewesen.

Erich Fried

Nachweis der Holzschnitte

KALENDAR OF SHEPEARDS, gedruckt bei Julian Notary 1518
Titelbild und Seite 14, 15, 16, 63

Aesop, FABLES, gedruckt bei William Caxton 1484
Seite 22, 38, 47, 59, 70, 76, 89

CRANMER'S BIBLE, Erste Ausgabe, 1540
Seite 7, 101

ROXBURGH BALLADS
Seite 29, 107, 116, 144

Jacobus de Voragine, GOLDEN LEGEND, gedruckt bei William Caxton 1483
Seite 25, 27, 36, 111, 119, 136

St. Bonadventura, SPECULUM VITAE CHRISTI, gedruckt bei William Caxton
Seite 68, 85, 103

St. Bonadventura, SPECULUM VITAE CHRISTI, gedruckt bei Wynkyn de Worde 1494
Seite 9, 45, 57, 61

MIRROUR OF THE WORLD, gedruckt bei William Caxton 1480
Seite 78, 81

John Mirk, LIBER FESTIVALIS, gedruckt bei Theodoric Rood und Thomas Hunte, Oxford, 1486 (aus der Lambeth Palace Library, London)
Seite 97, 139

NICHODEMUS GOSPELL, Wynkyn de Worde, London 1511
Seite 31

HORE BEATISSIME VIRGINIS MARIE, Wynkyn de Worde, London 1523
Seite 33

CHRISTMAS ENTERTAINMENTS, London 1740
Seite 43

CHAUCER'S WORKS, gedruckt bei Richard Pynson, 1526
Seite 51

BIBLE, Lyons 1524
Seite 84

John Lydgate, THE ASSEMBLE OF GODDES, Wynkyn de Worde, um 1500
Seite 95

Alle Holzschnitte bis auf die aus dem LIBER FESTIVALIS stammen aus Büchern im BRITISCHEN MUSEUM, London.
Die Holzschnitte wurden von Catherine Boswell-Fried unter Mithilfe von Sue Field-Reid aufgefunden und ausgewählt und von John Freeman, London, photographiert.
Für die Genehmigung zum Abdruck des Gedichts *Unterm Himmel* (I wonder as I wander) von John Jacob Niles danken wir dem Verlag G. Schirmer Inc., New York.

Inhalt